世界从未放弃拯救迷失的你

林昊燃◎著

台海出版社

图书在版编目（ＣＩＰ）数据

世界从未放弃，拯救迷失的你 / 林昊燃著 . -- 北京：

台海出版社，2021.1
ISBN 978-7-5168-2871-7

Ⅰ．①世… Ⅱ．①林… Ⅲ．①长篇小说－中国－当代

Ⅳ．① I247.5

中国版本图书馆 CIP 数据核字（2021）第 014481 号

世界从未放弃，拯救迷失的你

著　　者：林昊燃			
出 版 人：蔡　旭		封面设计：张合涛	
责任编辑：王　艳			

出版发行：台海出版社

地　　址：北京市东城区景山东街 20 号　　邮政编码：100009

电　　话：010-64041652（发行，邮购）

传　　真：010-84045799（总编室）

网　　址：www.taimeng.org.cn/thcbs/default.htm

E-mail：thcbs@126.com

经　　销：全国各地新华书店

印　　刷：环球东方（北京）印务有限公司

本书如有破损、缺页、装订错误，请与本社联系调换

开　　本：710 毫米 ×1000 毫米　　　　1/16

字　　数：180 千字　　　　　　　印　　张：13

版　　次：2021 年 1 月第 1 版　　　印　　次：2021 年 1 月第 1 次印刷

书　　号：ISBN 978-7-5168-2871-7

定　　价：49.80 元

在这个世界上，没有比思想更宝贵的东西，也没有比思想更可怕的东西。这也要看我们的认知是在什么角度上，人的认知角度往往决定了思想的可贵与可怕。

今天我给大家推荐的《世界从未放弃，拯救迷失的你》一书，详细介绍了思想和认知对人们心灵的冲击以及重建。书中用小说的笔法描写了很多故事（也可以说是案例），这些故事很具有代表性，是日常生活中人们普遍会遇到的一些困扰和心灵问题。

作者林昊樾先生是国家二级心理咨询师、亚洲应用心理学认证导师、NLP（神经语言程序学）教练系统导师。他深刻了解心灵问题对人们造成的伤害，应该引起重视，而心灵问题是可以疏通解决的、创伤是可以修复的。他希望可以帮助到一些人，给他们拨开一些迷雾，提供一些正能量，使其重建信心。于是，他描述了人内心世界最隐秘的深处，以及由此带给人的幸福与痛苦。他明知道改变人的思想是这个世界上最困难的事，但还是把多年的经验汇集成书。

在每一个人的心灵深处，都可以找到不稳定的因素，那些无意识的记忆碎片，如果不加处理就会影响人的一生。昊樧将一个个鲜活的案例摆在人们面前，让人一目了然，甚至感同身受。正所谓一花一世界，一叶一菩提。由于长期奔走在这些各不相同的世界中，他才得以用细腻的观察、深深的洞察来阐述分析这些案例，以便为挣扎其中的人们提供一些指引。因为，负面思想奔向黑暗，正面思想奔向光明，他希望人们的内心充满光明。

很多时候，信念决定我们的认知角度，我们会用自己的认知角度和标准界定周围的人、事、物。然而，人人都有不同的认知角度和标准，它不是真理，而我们却让它影响了自己一辈子！由此衍生出的各种不良情绪，又给我们身体不同部位带来淤堵，精神方面的淤堵尤为严重，让我们痛不欲生……

读懂这本书，会给你带来不一样的天地，甚至不一样的人生！希望看到这本书的人都能从中获益，走向幸福快乐的人生！

丁愚仁

2020 年 6 月 30 日

　　追溯起来，写这本书的初心是在八年前我开始从事心灵成长课程培训的时候。开始只是萌发了一个念头，觉得参加课程的人毕竟有限，倘若把课程的价值分享给更多人，写本书是个不错的选择。所以这些年来，我便有心去记录一些成长蜕变的案例，案例中性格迥异的人物以及充满爱恨情仇的跌宕情节，常常触动我的心弦，它绷得越紧，写书的念头就越强烈。就像你在路边看见有人掉进了没有盖子的窨井，总会下意识地想帮后人不要重蹈覆辙一样。

　　然而，前些年始终没有动笔。在我看来，写书是神圣的，我需要更加努力地去学习如何驾驭那些故事，让它们像珍珠一样在黑暗里发光，照亮人们心灵深处敏感绝望的那一抹暗黑。

这些年，教练过的学员如走马灯般在我的世界穿行而过，他们每个人的身体和思想里都装着一个世界，我在观察那些世界时常常忘记自我，渐渐地我似乎找到了所谓的"上帝视角"，那是一种触摸心灵的直觉，去寻找造成种种心灵迷失的规律和幕后推手。

就像我在本书虚构的那位急救科医生何山一样，他在经历那场大爆炸之前貌似一切正常，面对急诊科形形色色的病人，习惯了生老病死，职业修养让他表面上处于麻木的状态。然而，事实的真相并非如此，很多关乎生命和死亡的场景其实已经不由自主地积压在他内心深处。当导火索被点燃的时候，累积在心底多年的郁结反射出来，巨大的爆发力让他无法面对人生，成了工作的受害者。

何山从开始的不敢面对自己，到觉醒转化再到感恩曾经的自己，在经历了一个自我疗愈的过程后，完成了生命的升华。后来的他，在工作中不仅仅是一名急诊科医生，更像是一个面对生命突发状况的心灵唤醒者，支持和帮助了更多的人。其实，我们每个人的心理可能都会经历这三重境遇："看山是山"时，以为这就是自己；"看山不是山"时，发现了人生内心的空洞和曾经的痛；"看山又是山"时，看到了生活的真相，觉得那也是原本的自己。

这本书像生命的导师，像一盏可以照亮更多人的心灯，给你支持和鼓励，让你在看到人性暗面的同时更能找到人性之光。之前，不管你是否参加过心灵成长课程，当你拿到这本书时，它会像"心灵课堂"一样陪伴你、支持你，帮你解开一些困惑，给你力量。

让我们携手，一起将爱与自由传递下去吧。如果能给你的心灵带来哪怕点滴支持，也是这本书存在的价值。

林昊樾

2020 年 5 月于青岛

目录
contents

第一章

迷失：

你把自己弄丢了

医者，

不能自医

那场突如其来的爆炸是何山给蛋糕店打电话时发生的，时间是在下午的六点四十分。何山之所以对这个时间记忆犹新，是因为如果没有意外出诊，那个时间他会站在急诊大楼六层的走廊西侧，那里的窗外，似一幅精美绝伦的油画。

窗户的边缘恰好是画框，窗外的景象会随着时间的变化而变幻。无论是色彩，还是夕阳的位置，每一分钟都不会重复。在这幅油画的左下方，正好是黄金分割线的交汇处，是一个屹立了百年之久的灯塔。只要天空晴朗，夕阳就像个圆盘一样从小变大，顺着灯塔的边缘慢慢落下。被那个火红的大圆盘照射出来的晚霞是变幻莫测的，色彩从金黄到鹅黄，最后变成一抹浅红，一直到夕阳落进一望无际的海平面。整个画面中，除了灯塔和远山静止不动，其他画面每一天每一刻都不重复，当然这种微妙的细节需要认真仔细地观察才能感受到。何山曾想以后有时间应该用单反相机拍摄几组定格照，那场景应该是非常美妙的。

何山站在走廊上，看着夕阳落下，已经到了灯塔的正中央，他想可以给蛋糕店打电话了。虽然店长告诉过他，下午六点半之后就可以直接过来取，但他还是习惯性地打电话想确认一下，毕竟这是送给儿子的生日礼物之一。况且对于一个急诊科的医生来说，没有什么比时间更宝贵的了，每一秒钟他都舍不得浪费。话又说回来，如果蛋糕还没有好，他正好可以欣赏完今天动态的窗边美景。

一声巨响让电话两端的人都吓了一跳，不同的是蛋糕店那边发出了一声尖叫，而他只是在走廊上感到墙和身体晃了一下。

"喂，喂，喂——"对方是座机，他喊了半天，无人应答。

"地震了！"急诊科的病房里有人大声喊，接着人们开始像溃兵一样四处逃散。

等他穿过混乱的人群，好不容易逆行走进一号病房里，发现窗户上的玻璃碎了一地。窗外几公里外腾起一座蘑菇云，白色的浓烟像一个扣在燃烧着的巨大蜡烛上的帽子，缓缓向天空升起。

房间里，靠近窗户的病人被碎玻璃扎得满脸是血，能跑动的病人早已不见踪影。房间里只剩下几个卧床的重病号，还有一个刚刚过来实习的小护士，绝望而惊恐地盯着窗外不知所措。

救人要紧，他赶紧组织惊魂未定的医生和护士，先把靠近窗户的病人转移到走廊上。

这不是地震，何山望着远处的蘑菇云想。难道发生了战争？这个疯狂的念头很快又被否定了。那就只有一种可能，那就是突发性的大爆炸，比如液化气之类的。不管是什么，这下儿子的生日肯定泡汤了，估计蛋糕店都遭了殃，而他预订的蜘蛛侠蛋糕说不定已经支离破碎。

蜘蛛侠，蜘蛛侠，童话里的英雄在现实中照样不堪一击。真的遇到灾难，还不是默默无闻的消防员，还有像他们这样的急救医生冲在最前面？他一边想一边整理好衣服快步下楼，同时拨通了妻子的电话。

"老婆，开发区好像爆炸了，你们没事吧？"

"我们没事，刚把儿子接回家。现在朋友圈已经传开了，好像很严重，你们是不是又要加班了啊？"

"是的，我们已经全体动员，今天肯定不能回家给儿子过生日了，你帮我好好解释一下啊，就说老爸也是蜘蛛侠，救人去了。"

"行了，知道了，注意安全。挂了吧。"

说话间，何山已经走出了医院的办公楼。经验告诉他，急救车马上就要出发。这种突发事故，讲究的是分秒必争。刚到停车场，他就看见了方院长在接电话，看院长一脸严肃的样子，电话那边肯定来头不小。

"何主任，马上通知所有人员，在家休息的立刻回来待命。除了在手术台上的，其他人立刻上车，去现场！"电话并没有挂断，这是院长单独给他的指示，说完又继续接电话，转身进了轿车，绝尘而去。

等他在工作群里发完通知，发现所有的急救车已经整装待发。不同的是，每辆车的随车医生都带了无线对讲机。这是上个月进行消防安全演习时配置的，这些东西一旦派上用场，就说明目前的事态非常严重，至少是重特大事故的发生。

大门外的主干道上，一辆接一辆的消防车呼啸而过，其中还有部队的野战医疗车。惊讶之余，何山来不及思考太多，立刻登上一辆急救车的副驾驶座，跟随车队一路狂奔而去。

距离并不远，不到十分钟他们就到了现场。只见现场已经远远地拉上了警戒线，全副武装的消防人员正在忙碌，他们的车被拦在了警戒线外面。

何山主任看见指挥车旁边的方院长在跟他招手，于是立马小跑过去打探消息。

"目前得到的消息是危险化学品仓库起火爆炸，厂区里正值下班高峰期，估计受伤人数不少。现在还不能排除危险，我们在外围等待接收伤员，我刚刚给值班院长打了电话，尽可能多地准备床位。"

"需要我给献血中心打个招呼不？"

"不用，市里已经安排了。"方院长指着野战医疗车，"连这家伙都出动了，我们做好本职工作就行了。你去鼓舞一下士气，让大家都振作起来，这可是一场硬仗！"

何山刚要接话，手机响了，是在国外旅游的母亲打来的。

"山子啊，我们在手机上看到咱们那里发生什么爆炸了，你没事吧？可千万千万，要注意安全啊。"

"妈，没事的，网上的消息为了博眼球，总喜欢夸大其词，您不用担心，现在消防车在控制情况了，我们都在外围待命，很安全。放心吧，您和老爸在外面也注意安全。"

方院长笑了笑说："人家都是儿行千里母担忧，你们这是母行万里担心儿啊，老两口这是还在澳洲旅游呢吧？"

何山笑笑说："他们就这点爱好，其实也挺好，辛苦了一辈子，退休了见见世面，陶冶陶冶情操。"

说话间，已经有不少消防员抬着伤员朝着这边一路小跑，两人的表情瞬间严肃起来。

何山赶紧过去接应。尽管他做了充分的心理准备，也有着近二十年的急救经验，各种惨烈的意外事故现场也经历不少，但还是被眼前的景象震惊了。爆炸、起火加上化学品腐蚀，三种形态的灾难同时作用在人体上，这种惨状是他没有见过的。

但现实没有给他更多的时间思考，消防员大声喊叫着，伤员马上被推进了救护车，一辆一辆往医院呼啸而去。

何山接了一个头部受伤、左小腿缺失，昏迷不醒的重伤者。他赶紧把伤者已破碎了一个镜片的眼镜摘下来，防止碎玻璃扎伤眼球。伤者颈动脉已经十分微弱，车上的设备作用有限，需要立即送往医院抢救。

在回医院的路上，更多的消防车也在赶往现场，再加上源源不断的救护车，红白相间的车队各自响着自己的警报，道路两边全是停车让行的汽车。事故发生后不久，交通广播不断提醒车主让出生命通道，大家也空前得步调一致，整个城市的空气像凝固了一般。

快到医院门口的时候，有一条减速带，救护车尽管已提前减速，但车上还是轻微地颠簸了一下。伤者突然咳嗽了一声，一口鲜血喷在了氧气面罩上。何山马上取出一只新的面罩准备替换，这时伤者突然嘴唇动了几下。

"不要……救……我，不要进、进去……危、危险……"

"马上到医院了，你会没事的。"何山安慰伤者，这时候说话容易堵塞气管。

"不要救，火……，水，水，不……"声音越来越微弱，伤者并没有把话说完就昏厥了过去。

何山摸了一下伤者的颈动脉，发现还有微弱跳动。

"不要救我，不要救火，危险，水不……"何山脑海里不断浮现这些断断续续的话。

伤者佩戴的工作证显示他是一名化学制剂工程师，他用尽力气说的这几句话一定有重要的意义。

可是，他想表达什么呢？

水不行？水不能救火？不要进去？正想着，车子已经到了医院。他告诉前来接应的医生，这个人应该知道些情况，全力抢救，争取让他开口说话，问清楚他要表达的意思，立即上报。

护士给他递来一瓶矿泉水，他猛喝一大口，呛到了鼻子。他突然醒悟，水不能救火，那一定是……天哪，何山惊出了一身冷汗。

他赶紧给方院长打电话，可是电话打不通，估计现场的信号源都断了。

他抓住一个随车司机问道："院长有没有带对讲机？手机打不通！"

司机紧张地说："好像没有。"

何山抓起自己的对讲机，一顿乱吼："谁在方院长身边，立刻回话！立刻回话！"

"7号车载有伤员，最后一辆车，刚刚出发，距离方院长最近。大约三公里。"有司机回答。

"7号车，7号车，收到请立即回答。立即回答！"何山的声音近乎沙哑。

"何主任，7号车距离太远收不到信号，我在中途，我能听到您和7号车，请传话。"3号车司机回答。

"请转告7号车立即掉头，告诉院长，会有二次爆炸，让所有消防员、医务人员马上撤离！马上撤离！马上撤离！"

"3号车已转告，7号车已掉头。"

何山依旧不放心，他登上一辆车，准备返回现场去通知院长。

"何主任，"护士长王安迪匆匆赶过来，小心翼翼地说，"您刚才送过来的工程师，没有，没能抢救过来。还有一件事，电视台来了两个记者，想对您做个采访。"护士长指了指旁边的两个人，只见一个女记者，还有一个摄像师，已经做好了采访和录像的准备。

何山怔了一下，说："现在没有时间，情况紧急！等我从现场回来再说吧。"说完他也顾不上记者的坚持，摆摆手进了车。

何山刚坐上副驾驶，仿佛又想到了什么，他又跳了下来，对司机说，你下车，我来开。

司机一脸茫然，他又补了一句："情况紧急，我开车比你快，你下车！你在医院休息，陪好两位记者，等我消息。"

司机站在原地还想说什么，何山已经发动救护车冲了出去，远远地扔出一句话，"你儿子还没断奶呢，好好照顾家里……"

去往现场的道路上，车子已经很少，何山一脚油门踩到底，以最大的速度向前飞驰。

车子在路上狂飙，对面车道全是载着伤员回医院的救护车，他这辆逆行的救护车就显得十分扎眼。

他关了警报灯，反正也没有车需要让行，他现在要做的是第一时间赶往现场。

车窗外，太阳变成了一个火红的大圆盘，晚霞像一幅绚丽的油画挂在天空。他突然感觉自己像个奔赴灾难现场拯救人类的蜘蛛侠。

一路上拐弯过桥，这条路就像人的血管一样。何山觉得自己像一个疏通血栓的机器人。他在陪儿子看电影《蚁人》的时候，就想着如果有一天能够发明那么小的机器人在血管里清除血栓该有多好，这样每年就不会有那么多突发性血管病人被死神从他手里夺走生命了。

儿子对他的这种幻想不屑一顾。准确地说，是这个陌生的儿子对他的工作很有成见。这个十岁的儿子并不是他的亲生子，而是第二任妻子带过来的。他原来有一个女儿，十年前夫妻俩都加班，结果女儿走丢了。他和前妻因此心怀芥蒂，彼此在煎熬中度过了七年，最后还是以离婚告终。

何山的第二任妻子是个心理医生，却依旧医治不好自己儿子的心理问题。丈夫车祸去世后，儿子一直对爸爸念念不忘，性格也变得越来越孤僻。

经过两年的磨合、付出和努力，何山开始逐渐走进这个孩子的世界。但没想到半年前同学的一句挖苦又让他们父子俩的关系如履薄冰。

那天他给儿子削了个苹果，没想到儿子突然说："我不吃你摸过的东西！"

他和妻子一脸茫然，异口同声地问为什么。

"我们同学说了，你的手天天摸死人！她外婆就是在你抢救的时候，死在你手里的！"儿子口无遮拦地说道。

何山和妻子毫无心理准备，听到这些话从一个孩子嘴里说出来，一时竟无言以对。

空气像凝固了一样，过了几分钟，何山的妻子秦梅整理了一下思路，对儿子说："天天！不许乱说！这个世界上，急救医生是伟大的职业之一，每年他们都能救活很多人，但是他们也不是万能的。就像警察叔叔是抓小偷的，但警察叔叔也不能把所有的小偷都抓完啊？总会有漏网之鱼，或者新的小偷出现。你不能因为这个世界上还有小偷，就说警察叔叔也是坏人吧？"妻子试图跟儿子讲道理，就接着说，"你看消防员叔叔是忙着救火的，但是这火灾总是救不完，因为随时都有可能发生新的火情啊，你总不能说，因为这个世界上还有火灾，就说消防员叔叔不好吧？"

"我不管，我就是不吃他摸过的东西！"儿子依然嘴犟，但似乎又辩论不过妈妈，显得有些气急败坏。

"好了好了，这个苹果我惩罚自己，我吃了。下次我救了别人的命，或者像蜘蛛侠那样，拯救了世界，再给你削苹果好不好啊？"何山只能掩饰自己的尴尬，并且自己给自己找个台阶下。

儿子没说话，瞪了他一眼，显然还是不满意。

何山叹口气，早早躺下却辗转反侧，睡意全无。作为一名医生，他以前脑子里灌输的都是救死扶伤治病救人，没想到被儿子这么一刺激，他居然也控制不住自己的思想，这些年没有抢救过来的案例一个个从脑海中蹦了出来。

他的脸色越来越难看，呼吸也越来越急促。妻子觉得不对劲，打开灯，见他满头大汗，以为他做噩梦了，马上晃了他一下。

"我没睡，我在想那些没抢救过来的人。"何山有气无力地说。

"对不起，我没有想到天天会这么不懂事。"

"没事的，童言无忌，他又不是故意的。只是我想到生命无常，心里有点不自在。"何山拍拍妻子，说睡着了就好了。

……

车子在路上呼啸而过，何山一个走神差点撞到大桥的栏杆上。他自言自语地说："儿子，你看老爸现在就是去救人，说不定能救好多好多人，包括消防员以及医生、护士。你等着吧，总有一天你会觉得老爸是个像蜘蛛侠一样的大英雄。"

他不禁咧着嘴笑出了声。然而，话音未落，远处传来了更大的几声巨响，三朵巨大的蘑菇云腾天而起，一股热浪扑面而来。他下意识地用胳膊护住头部，好在救护车用的是防爆玻璃，尽管全部被震碎了，但没有对他造成什么威胁。这时候路边所有的汽车警报开始乱响一通，连自己的救护车也颤抖了一下，他下意识地踩了刹车，把车子停在了路边。

谁知车子刚停好，后舱门打开出来两个人。何山一看，原来是那两个记者，不知道什么时候钻进了他的救护车。

女记者的额头显然是撞到了什么东西，几道血印挂在脸上。摄影师抱着机器，正在测试还能不能用。

何山生气地说："你们真是瞎胡闹，谁叫你们上车的？这多危险啊？你们要是有个三长两短，我跳进黄河也洗不清了。"

女记者掏出纸巾擦干净脸上的血迹，笑着对何山说："何大主任，您这是为了工作，我们也一样啊。您有没有听说过一个职业，叫作战地记者？我们这点儿遭遇可比他们幸运多了，您看，就是擦破点儿皮而已。哎哟——"摄影师在给她检查伤情，好像一不小心按到了伤口，女记者尖叫起来，"老张你轻点儿啊，疼死了！"

"对了，我叫江楠，这是我的老搭档，资深摄影师张海。感谢您的'顺风车'哈。"看来这是一位活泼的女记者，这时候还不失幽默。

何山哭笑不得，只好对他们说："来都来了，还不赶紧拍点素材啊？"

何山话音刚落，远处又发出一声巨响，那感觉犹如一枚巨型炮弹从天而降，一瞬间地动山摇。何山险些跌倒，幸好他扶着车身，他的身体跟着救护车一起颤抖了几下才微微稳住。几秒钟后，一朵硕大的蘑菇云腾空而起。紧接着热浪就扑面而来，两位记者不约而同地趴在了地上。

等何山把两个惊魂未定的记者扶起来，三个人看向远方，火光已经烧红了半边天。不时还有零星的小爆炸噼里啪啦夹杂在一片火海之中，但是威力显然已经微不足道。

记者和摄影师默默地整理好衣服和设备，一言不发地拍摄天空中逐渐消散的浓烟。此时的何山陷入了沉思，工程师最后的警告还是发生了，他知道这次连环大爆炸的伤亡可能会更大。

事不宜迟，他决定留下记者和摄影师，自己继续赶往现场。正当他准备发动车子的时候，手机振动了一下，一共十六条信息："何主任，请速回医院！"

他犹豫了一下，对记者和摄影师说，医院有重要情况，你们还是跟我回去吧。两个人迅速整理好，跟他一起上了车，摄影师坐在副驾驶，这样他可以拍些沿路的见闻。

等他们开着这辆没有挡风玻璃的急救车回到医院，才意识到问题的严重性。医院办公楼前的空地上，几乎摆满了担架，每个担架上都有一个重伤员。大部分是消防员，其中有几十副担架已经被蒙上了白布，他知道那意味着什么。

多年以后，何山在日记中这样写道：我从没有见过这样的景象，也许战争都没有如此残酷，或者至少没有如此集中展示生命脆弱和血淋淋的伤痕累累。那些白布条对我们急救医生来说，就像一把刀子插在心上，那意味着死神连机会都没有给我们留下。我双腿一软，差点瘫倒在地……

一个月后，官方公布这次特大化工仓库爆炸案统计数据：事故造成155人遇难（其中参与救援处置的公安现役消防人员24人、开发区消防人员65人、公安民警11人，事故企业、周边企业员工和居民55人），8人失踪（其中医护人员2人，消防人员5人，周边企业员工、开发区消防人员家属1人），788人受伤（伤情重及较重的伤员58人、轻伤员730人），301幢建筑物、12408辆商品汽车、7513个集装箱受损。

被这场大爆炸夺走性命的，还有方院长和后勤主任樊小波。事后查明，方院长和樊主任是得到了何山的信息去跟现场指挥部领导汇报，在指挥部发出撤离命令后的12秒，威力最大的连环爆炸发生，很多消防官兵没来得及撤出就被火海吞噬。更加令人心痛的是，由于距离爆炸点太近，方院长和樊主任两人始终没有找到，最后被列为失踪……

精神的淤积，

让你不能呼吸

三个月后，何山所在的医院进行职工分流，42岁的他被调到了市妇幼保健院任工会主席。更加破天荒的是，还给他配备了一个专职副主席——他妻子秦梅的同事，一位心理学博士——严芳芳。

何山已经顾不得这颇有玄机的人事安排有何背景和寓意，他开始变得沉默寡言，终日守着一个破日记本写一些别人看不懂的暗语，还夹杂着一些小学生水平都不如的插画。

"向外看的人在梦中，向内看的人是醒来的人"，何山在日记本扉页写上了这么一句话。

何山从来不和严芳芳说话，甚至连眼神交流都没有。在这个20多平方米的办公室里，严芳芳的心理学专业技能丝毫没有用武之地。有时候严芳芳堵着何山跟他交流，何山就在纸片上画一个笨拙的图案，旁边歪歪扭扭地写着：蜘蛛侠不需要帮助，更不需要活体监控。

单位里逐渐有人议论说，何山主席的精神出了问题，更有人直截了当，说他变成了一个沉默的疯子。但严芳芳知道何山没有疯，他只是病了，只是她还一时找不到对症的治疗方案。

终于有一天，何山的日记本写满了。他把本子锁在抽屉里，又找了个新的本子写写画画。

严芳芳从秦梅那里得到了一个秘密任务，就是把何山的第一个日记本偷出来，复印一份。

然而，对于一向循规蹈矩的博士生来说，偷日记本这种不光彩的事简直难于上青天。何山虽然精神状态不佳，但他超级敏感。日记本被严防死守，下班就锁在抽屉里，每天下班，严芳芳不走他也不走，哪有机会下手？

着急的秦梅，竟然想出让严芳芳在何山的茶里放泻药的馊主意。严芳芳一口回绝了："我的亲大姐，我的老领导，这种事要是让老何知道了，他不把我吃了啊？"

"你不用担心，万一被发现，你就说是我命令你做的，而且得到了你们单位领导的批准。现在老何的心结一天不打开，我们一家都不得消停。他父母现在住在我们家，就怕他出什么意外，天天唉声叹气的。你说他这样下去，谁也于心不忍啊。"秦梅说完就开始抹眼泪。

"好好好，我的秦大主任，我听您的。要是出了什么问题，您可要帮我挡刀啊。"她又叹了口气说道："唉，要是何主席能想开点，我也不用在这破办公室里煎熬了，就当帮您也是帮我吧。你们两口子的事，我也是操碎了心。回头我的婚姻大事，您也得操操心啊。"

秦梅破涕为笑，笑她没个正形儿。说罢从包里拿出一小包粉末状药包，递给严芳芳后说道："这是我亲自调配的，绝对没有副作用。何山疑心重，必要时你也牺牲一下自己，反正也就是上几趟洗手间的事儿。"

严芳芳咋舌做了个鬼脸，说这下代价可沉重了，我这是身心都受到折磨啊！秦主任您得请我吃大餐。秦梅说天天请你吃，吃成个胖子，看谁会娶你。随手又塞给她一把何山抽屉的小钥匙，"记住，要悄无声息。"

严芳芳悄悄把泻药放到了暖瓶里，自己也喝了一杯，半小时后就开始上厕所。

"这真是神药啊，一杯下去，立竿见影。"严芳芳一边揉着肚子一边心里暗骂。

然而，何山却半天没见动静，明明看见他也喝了啊。

"什么情况？不会是赔了夫人又折兵吧？"严芳芳心里想。

见何山没动静，严芳芳只好撒谎说："何主席，我今天身体不舒服，我去急诊科找大夫给我开点药去啊。"

何山头也没抬，只是嗯了一声。

严芳芳前脚刚出门，何山就狂奔洗手间而去。严芳芳躲在暗处心里发笑："好你个何山，真有能耐，拉肚子也能忍，真是个奇葩。"刚想到这里，自己肚子又开始乱叫，她心里大叫："不好，执行任务要紧。我忍，忍忍忍！"

严芳芳以迅雷不及掩耳之势盗取了何山的日记本，绕到后门交给秦梅。日记本被拿去复印了两份后，才原路返回放进了何山的抽屉。复印的两份日记严芳芳和秦梅一人一份，可是她俩研究了一个多星期，也没发现什么端倪，很显然，何山是加密了的，内容只有他自己能看懂。

严芳芳突然想起自己有个师兄，在北京安全部门做密码破译工作，不知道他有没有办法。

秦梅说都这个时候了，死马当成活马医吧，你回头挑选几页拍照发过去让人看看。

一周后，消息反馈回来。内容让严芳芳和秦梅都甚为吃惊：这是一本"死亡日记"。里面记录的是抢救病人失败的案例，时间、地点、起因经过和结果，都有详细记载。

秦梅觉得这是一个不祥的信号，曾经每一个被抢救的病人离开人世，仿佛也带走了何山的一部分灵魂。久而久之，他的内心已经千疮百孔。那次大爆炸，如此惨烈且大规模的人员伤亡，成为压垮何山心理防线的最后一根稻草。他内心深处一定有什么东西无法释怀。

责任者，敢于担当责任，同时不背负任何人的命运。何山之前的工作，角色是一个拯救者，他多数情况下需要从死神手里争夺患者生存的机会，这份工作表象是责任者的身份。然而，当这种背负角色的临界点到达时，当零星的挫败感以星火燎原之势集中爆发时，那个表象责任者的身份瞬间崩塌。因背负了太多人的命运，受害者模式开始呈现，就会被负能量全面入侵。这种心结如果一直不能转化，有可能发展成抑郁症。真到了那种地步，就需要制定医疗干预方案，而且不一定能够彻底治愈。这是一个十分危险的信号。

在秦梅的职业生涯里，抑郁症是十分常见和棘手的心理疾病之一。在她参加的最近一次国际研讨会上的资料显示，抑郁症是世界第四大疾病，预计很快将成为世界第二大疾病；但我国对抑郁症的医疗防治还处在识别率低的阶段，地级市以上的医院对其识别率不足20%，只有不到10%的患者接受了相应的药物治疗；同时，抑郁症的发病（和自杀事件）已开始出现低龄化（大学，乃至中小学生群体）趋势。因此，对抑郁症的科普、防范、治疗工作亟须重视，抑郁症防治已被列入全国精神卫生工作重点。

成年期遭遇应激性的生活事件，是具有临床意义的抑郁发作的重要触发条件。秦梅觉得何山最近一系列的反常行为，肯定和那次大爆炸有关，只是何山在这其中到底遭遇了什么？心结到底在哪里？她觉得必须要找到谜底，才能对症下药。

然而，关于这次大爆炸的新闻，很多细节无从查起。秦梅觉得只有找到关键的当事人才能了解到真相，她想到了当天跟随何山的救护车前往现场的电视台记者江楠，之前帮何山洗衣服时捡到了她的名片，于是就拍照保留了下来，想着以后或许有用，没想到现在真的派上了用场。

　　约见江楠的地点是电视台附近的老树咖啡。据说，这是一家连锁品牌。秦梅喜欢的是里面的装饰风格，咖啡厅里必然有一棵枝繁叶茂的大树，虽然是假的，但总让人感觉稳重而踏实。她还特意预订了一个包厢，静静地等候大记者的到来。

　　下午三点整，记者江楠如约而至。只见她齐耳短发，皮肤洁白如玉，五官精致得恰到好处，是个美人胚子！秦梅总觉得她像一个人，但一时又想不起来。只见她上身穿的是蓝色的带领POLO衫，下身穿一条紧身牛仔裤，干净又干练，整个人充满了青春的朝气。

　　"秦姐好，先纠正一下，我现在已经不是记者了。上个月从电视台辞职，现在自己做一个工作室，拍人物纪录片。这是我的名片。"江楠递上来一张设计精美的名片，上面印的是大好河山文化传播机构，独立制片人。

　　"大记者也流行下海啊？恭喜恭喜。"秦梅亲切地说，"名字也很大气，最近电视剧《大江大河》挺火的呢，说不定他们就是借鉴你们的名字呢。"

　　"秦姐真会拿我开涮啊，人家那是爆款，我们这是拍人物纪录片，为有故事的人留下故事，小打小闹而已。以后还希望秦姐多多支持，给我推荐一些有故事的人。"

　　寒暄过后，秦梅说明了来意，并表示了自己的担忧，两人谈话的氛围逐渐凝重起来。

　　江楠说，其实自己从电视台辞职也多少跟那次事故有关系。自己采写了很多当事人，期间还受了伤，额头至今还留有一道月牙儿样的疤痕。接着拿出一个档案袋，里面有厚厚的一大沓关于大爆炸事故的资料。

"我能找到的所有资料都在这里了，包括一段何山主任的采访稿，还有录音，放在一个U盘里，您要觉得有帮助的话，也可以听听。何主任的事情，我也听说了，后来打了几次电话给他，他总是沉默不语，我和摄像师老张，也很担心他的精神状况。曾经不止一次想去看看他，但都被回绝了。"

"在你们回来的路上，何山有没有提到什么细节，或者有没有什么懊恼之类的话？"秦梅着急地问。

"当时好像是医院收治了很多重伤人员，急需人手，何主任看起来很着急的样子，说什么要是早点通知方院长就好了。我们问他通知什么，他说第一批运往医院的伤员中有一个人说不要用水救火，但是话没说完整就昏过去了。何主任反应过来立马往现场赶，我们也是那一刻偷偷上了他的车。但是，还是晚了。我们在半路上就发生了最大规模的二次爆炸，也就是造成人员伤亡最多的那次。据说，方院长也是在那一次的爆炸中不幸遇难的，人一直没找到，听说好像，好像最接近爆炸点的几个人，都，都被——气化了。"江楠说完低下了头，用纸巾擦拭了一下眼角的泪水。

江楠隔着桌子握住了秦梅的手，哽咽着说："其实，但凡亲身经历过那次事故的人，内心都会受到极大的冲击。回到医院，我们看到所有遇难者都被遮盖得严严实实。何主任又去紧急抢救其他重伤员，估计是看到了一些场景，受了什么刺激吧。听说好多消防员都是十八九岁的独生子女，遇难的那一刻还紧紧地抱着灭火器往前冲，很多灭火器都和他们年轻的身体融为了一体……他们很多都还是孩子啊。"江楠忍不住痛哭起来，秦梅赶紧坐到她身边，两个人紧紧地拥抱在一起，秦梅也早已泣不成声。

直到服务员觉得不对劲儿过来敲门，她们俩才从痛哭中缓过神儿来。江楠告诉秦梅，自己也曾因这次事故，身心受到极大的影响。通过内部资料，她也看到一些现场的照片，最开始那几天自己吃不下饭，完全没有工作的状态。台领导和家里人担心，就让她去医院看精神科，医生了解情况后给她开了一些抗抑郁的药物，大概过了一个多月她才从阴影中走出来。如果不是现在有了新的事业转移注意力，她也不知道自己能不能扛下去。

"我现在所做的事业，就是想拼命保留一些人的故事，因为生命太无常了。我也只能尽一点微薄之力，让有些人在有生之年把经历讲述出来，我们用镜头留存下来，让后人有机会能看到。做这样的事情，让我觉得有价值，这也可能是我能够战胜抑郁的思想武器吧。"江楠认真地说，"何主任的事情，我听说了，我个人觉得现在不应该把他安排到工会去，谁不知道，那就是个养老的职位啊！这等于给了他大把的空闲时间，人只要闲下来，就会胡思乱想，这想多了，就容易钻牛角尖走不出来。您得让他有事情做，做点儿让他自己都觉得有价值的事情，这样才能覆盖掉过去的悲伤。当然，这只是我个人的建议，具体还要您根据现实情况做决定。"

秦梅将从江楠这里得到的情况，进行了细细的思量和分析，对何山的心理变化过程的整理逐渐清晰起来。

作为一名急救医生，何山是经过专业训练的，对丁生命无常他有着充分的心理准备，毕竟，那是在大学课堂里不断被强调过的。因此，在他的急救职业生涯里，必须直面死亡这个现象。但那些都是个案，每个病人的情况各不相同，或者是疾病折磨，或者是心理折磨（急救中心每年都要处理数百起自杀抢救，失败率在 70% 左右），这种个案之中，急救医生扮演的是救死扶伤的光辉角色。即使最终没有抢救过来，大家也都知道他们已经尽力了。

而这次大爆炸，情况却不一样。

首先，牺牲的消防战士一开始并不知道火情的危险性。他们甚至不知道着火的材料是什么，拿着水枪就冲上去了。而这次起火材料是危险且剧毒的化学品，遇水就会发生化学反应，达到一定的临界点后，造成了大爆炸。

其次，牺牲的医务人员，大部分是何山的同事。他们更加不知道这次事故的危险性有多大，很多人饭吃到一半就被叫去现场，有个新来的医生在食堂的饭盒下留了一张纸条，上面写着："勿动，出现场，回来吃。"没想到这竟是他留给这个世界的最后一句话，不是留给亲人，而是留给清洁工。

最后，也是最重要的一点，是那位遇难的工程师中途曾经提醒何山，让他们撤离。可惜晚了一步，何山应该是活在深深的自责中难以自拔。

秦梅把自己的想法告诉了江楠，也到了她的认同。

"这么说，何主任内心深处，觉得自己在这件事中，应负有什么不可推卸的责任？"江楠问道。

"是的，现在的情况看，这次事故处理了一大批干部和涉事机构的职员，何山可能觉得自己是'漏网之鱼'吧。这是一种自我受害模式，也是一种拯救者的过渡蔓延。"秦梅分析道。她说话的同时，脊背也冒出了一层冷汗。

江楠听到这里，一把抓住她的手，着急地说道："不行，这不公平。我和老张都亲眼看见何主任着急去现场通报情况的样子，他，他还故意把司机赶下车，说，说他的孩子还没有断奶……"江楠回忆起往事，又忍不住哭泣起来，她一边哭，一边急促地说："这说明他知道重返现场是极端危险的，但他还是义无反顾地去了。如果不是我们偷偷上车，有谁能见证他的英雄之举啊？虽然没有成功，但也不能把责任往自己身上揽啊。不行，这太不公平了。我要去见见何主任，走，咱们去找他！"江楠说完拉着秦梅就要去何山单位。

秦梅见状赶紧抱住她，让她冷静一下。

"傻丫头，他是我老公，我能不着急吗？可是你想想，我们俩现在这样杀过去，能解决问题吗？这件事情已经过去三个多月了，他的精神淤积了不少障碍，我们这样贸然行动，说不定会使情况恶化，万一他做出什么傻事来……"秦梅拉着江楠解释道。

江楠还是忍不住内心的焦急，急促地说："那怎么办啊？总不能见死不救啊？呸呸呸，乌鸦嘴，对不起啊，秦姐，我不是故意的。"

　　"行了，我们还是坐下来，再好好想想有什么其他办法吧。冰冻三尺非一日之寒，他这是医者不能自医啊。我们要找到更高明的手段，扮演医生这个角色。"

　　这时，江楠突然想起一个人，她在秦梅耳边小声嘀咕了一通，秦梅听后拍手说道："好，咱们会会这个高人去。"

　　江楠打开手机看了一眼，说："宋老每周六下午都会练太极，今天是周五，我们明天下午三点公园见！"

　　秦梅忙问道："我们不先打个招呼，就这样过去合适吗？"

　　江楠笑道："高人都是不走寻常路，宋老就喜欢这种随缘的方式，您放心吧。"

生死，

是一种平衡

　　这是一处安宁祥和的三进式古建筑院落，据说主人是清朝初期的都察院右都御史。

　　中院正房门前有两株海棠树，此刻粉红的海棠花正开得旺盛。东西厢房窗下，各有一棵桂花树。这两棵桂花树宛如孪生，抑或情侣，就那么彼此含情脉脉地隔院相望。东边桂花树上，有一处不知何年何月搭建的燕巢，给这个空荡荡的院落增添了几分生机。

　　院子中央的一片空地上，一位老人正背对着太阳打太极，他的侧影被日光拉得长长的，一招一式，带着仙风道骨的韵味，有时势如长江大河滔滔不绝，有时又如抽丝挂线，行云流水，绵柔而不断。

　　江楠不忍打扰，便轻轻唤了一声："宋老，我是江楠，您还有印象吗？我们上次在善忠堂见过一面。"老人徐徐回过头，鹤骨霜髯，鬓白如雪。他微微点了下头致意，稍稍整理了一下衣衫，便朝她们走来。

　　宋老是百草厅医药世家传承人，是位行医多年的老中医，为人内敛含蓄。面对大半辈子命运的浮浮沉沉，他自是一副看穿世事的云淡风轻。耄耋之年虽已退隐"江湖"，但依然留存一颗传统医者父母心的慈悲。在那些慕名想要得到他指点迷津的患者眼里，他是一个神秘低调的老者。

　　前阵子，宋老最得意的门徒开了本市最大的中医药堂。善忠堂的名字是宋老替徒弟起的，寄意为"善得始终、忠于初心"。那一日，下着斜风细雨，从别的采访现场匆匆赶来的江楠，进门就和宋老撞了个满怀。雨声轻轻敲打着窗外的芭蕉树宽大的叶面，在那个自感格格不入的场合里，江楠饶有兴致地听宋老滔滔不绝地讲他年轻时行医的经历。江楠深感，这是个有故事的老人。

　　落日半掩，风吹来，凉意环绕。三个人端坐在凉亭里，秦梅将何山所遭遇的精神困境原原本本讲述了一遍。宋老凝神听着，时而皱起眉毛，时而陷入沉思。江楠轻叹一口气，"宋老，您看何主任这种情况，我们应该怎么把他拉出来呢？我们都很苦恼，希望得到您的帮助。"宋老淡淡地笑了，不缓不急地说出了自己的主意。

　　云气恍堆窗里岫，泉声疑泻竹间樽，院落里甚至空气中仿佛都蕴含着无穷的智慧和能量。渐浓的暮色从四面八方拢了过来，三人相谈甚欢，全然忘记了时间。

　　天空的那一头，灰蒙蒙的雾气散去，又是一个明月星稀的夜晚。

　　何山的办公室面朝着山，妇幼保健院楼下人来人往，熙攘喧哗声不绝于耳。何山呆呆地看着桌面上的资料，久久定不下神来。

　　距离那次爆炸事件已经过去半年多了，何山还是无法从那鲜血淋漓的场景中抽离。也许，内心的城墙轰然崩塌后，再无重建的可能。耳边的嘈杂仿佛一股巨大的力量，将他拉回记忆的黑洞。爆炸声、求救声、警笛声，伤者面目全非、事发现场惨烈不堪……一幕幕交错相间，如同梦魇，穷凶极恶地狠狠掐住他的脖子，让他几乎窒息。

何山常常独自站在走廊，看着漫天血红的晚霞，脑海里回闪过那仿佛会吞噬掉整个世界的熊熊火苗。他整个身体轻飘飘的，不停地急速往下坠至深不见底的黑暗中。混乱间，他奋力伸手想去抓旁边的一根稻草，却怎么也够不着，而伸开五指去抓黑暗中那束微弱的光芒，却渐渐化为虚无……

那种恐惧的感觉，像一个溺水者，无助、绝望、幻灭……

办公室的门被轻轻推开，秦梅带着宋老走了进来。何山的脸上，不知几时已经爬满了冰凉的泪，而他依然沉陷在自己的情绪里，脸上没有任何表情。秦梅简略地介绍了一下来意后，宋老拍拍何山的肩膀说："随我来，我带你去个地方。"

恍恍惚惚间，何山被宋老领着走出办公楼，上了车。车子穿行在一条蜿蜒狭窄的盘山公路上，细密的灌木丛如同波浪延展着。何山回过神来，这条路好熟悉，这是通往危险化学品工厂仓库的小路。那天的他，冲锋陷阵般开着车，心怀蜘蛛侠飞天遁地、英雄远征的理想，在这条路上风驰电掣，直奔那个让他终生难忘的目的地。那一刻的自己，是普通的急救医生，还是试图制止悲剧、拯救世界的超级英雄？何山的脑海开始混沌，陷入回忆的滩涂里，无法自拔。

陈旧未愈的伤疤再一次被撕得血淋淋，无边无际的恐惧带来的头痛，像汹涌的海水一样，一波一波袭来，让他躺在了痛不欲生的险滩里。车缓缓停下来，何山慢慢睁开眼，爆炸后的现场出现巨坑，厂房连框架都没留下，旁边的建筑物基本被炸塌，地面有散落的砖瓦，废墟深处，满目都是破败不堪的凌乱，一片狼藉。

这本是这个城市新规划的高新技术开发区，将来的发展蓝图无限宏大。只是没人想到，一夜之间，这个设立不到三年的危险化学品工厂仓库，因为一场连环爆炸被夷为平地，如黑夜中的一颗繁星，轰然坠落。这片生机勃勃的工厂区被彻底摧毁，带来噩梦般的灾难性痕迹。

"我读初中时，住在一个戒备森严的军队家属院。我记得院子里有一棵枝繁叶茂的桂花树，粗糙的树干延伸出一条又一条细长的枝条，橘黄的花朵成群结队从叶缝中探出头来，远看像漫天繁星。树上筑着一个燕子巢，已经有好几年了。有一次放学回家，我看见几个顽皮的孩子蹑手蹑脚地爬到树顶，趁燕子妈妈外出觅食，偷偷取走了巢窝里的蛋，嬉笑着跑走了。追不上他们的我很懊恼，于是想了一个法子，去小巷那头的刘嬷嬷家里买来几个鹌鹑蛋，静悄悄地放进巢里。"宋老沉浸在多年前的往事中。他向来是一个善于观察生活的人，从细小琐碎的事情里，反复思考推敲出人生的智慧。

"我躲在树的后面，静静等待燕子妈妈归来。一个黑黑的小小的身影从屋檐下冲了下来，舒展着剪刀似的尾巴，在我的头顶上斜着身体掠过。它俯身看看巢里的蛋，迟疑了片刻，便若无其事地坐在巢里孵蛋。"宋老说，当时的自己长长地舒了一口气，庆幸自己完美阻止了一场"悲剧"的发生。

"秋去冬来，那年的冬天特别冷，一场晚秋的大雨过后，桂花树下就像铺了一层地毯似的，一群孩子在院子里如往昔一样嬉戏玩耍。我抬起头来，发现燕子妈妈没有像往年一样再往南方飞，它蜷缩在巢里瑟瑟发抖，一双半睁着的眼睛，不断朝四周张望，仿佛在寻找着什么。我心里一沉，它是不是觉察了什么？此刻，我的心里开始惴惴不安，那个被隐藏的善意谎言一旦被揭穿，不知将给燕子妈妈带来什么？我这样做，是不是错了？

"还没等我想出答案，第二天清晨，淡淡的阳光悠悠笼罩着整个大院，我站在桂花树下，看着巢里那个一动不动的小身体，眼泪忍不住一泻而下。它被活活冻死了！这个因我的'错误'之举，而悲愤消逝的小生命，本该在发现自己蛋宝宝不翼而飞的时候，尽最大努力去寻找。而这日复一日的时光，对它而言如同凌迟，只能带着懊悔和遗憾离开这个世界。这件事让我懂了自然中母爱的伟大，从而让我带着慈悲心爱自然界的生命。在我们的生命旅程中，没有完美，也没有无过，当我们接纳了自己的不完美，才是一种完美。对过去的遗憾心生忏悔，从中看到警醒和启发去做更多善事也是一种力量，亦是真正责任者的姿态。"

讲完了这个故事，宋老转身看看车里的何山。何山若有所思地看着废墟里忽上忽下飞着的蜻蜓。刹那间，他仿佛懂了宋老的用意。希望是美好的，也许是人间至善，而美好的事物永不消逝。每个人都应该对生活充满希望，只有跨过自己内心的那道坎才算是真正的重生，而不是带着过去的遗憾和痛苦活在现在，也没有了未来。生活所带来的不仅是痛苦，还有喜悦，只有解放自己的内心，才能真正领悟这也是一种珍贵的礼物。永远留有希望就是在自我救赎。每个人都是自己的上帝，也只有自己才能够救自己，如果你自己都放弃了，也放弃了礼物带给你的成长和力量，那么又指望谁能够救赎你呢？

现场清理工作还在繁忙地进行着，机器的阵阵轰鸣声，使他们不能停留太久。于是，司机转动方向盘，车子准备驶往下一个目的地。一路颠簸间，车停在了一排民房前。破旧污浊的小路旁，一个扎着马尾的小丫头正坐在小板凳上写作业，她的妈妈在旁边细心地洗着衣服。眼前的场景，有种闹市里少有的岁月静好。

宋老笑着打了声招呼，"可可，最近在学校有什么快乐的事，可以和宋爷爷分享一下吗？"小女孩抬起头来，晶亮的眸子明净清澈、灿若繁星，眉宇之间透着清雅灵秀的光芒。

"宋爷爷，我昨晚又梦见我爸爸了。"小女孩的眼神黯淡下来，扑闪扑闪的眼里，闪过一丝与年龄不符的忧伤。宋老悄悄在何山耳边告诉他，这对母女在那场爆炸事故里，失去了丈夫、爸爸，那个名叫李立的消防员，本来当天轮班结束后准备换衣服回家，接孩子放学，听见警笛声，便不假思索地跟着大部队出发了，然后就遇上了那个特大的爆炸灾难。这世间，有很多未曾来得及的告别，他没有留下只言片语，永远回不了这个家了。

　　小女孩从书包里拿出了一张卡片，认认真真地说："宋爷爷，这是我课间给妈妈做的生日卡片，您看画得怎么样？"宋老扶了一下老花眼镜，仔细端详起来。一旁的何山怔怔地看着孩子那张懂事的脸，心里一片酸楚。卡片上，稚嫩地勾勒出牵着手相拥而立的一家三口，里面的可可穿着粉红色的连衣裙，甜甜的欢颜就像溪边山涧里流淌的清泉。卡片上写了这么一句话："激励我们奋勇向前的不仅仅是身后的万丈深渊，更是眼前微弱的希望。"

　　宋老和何山被眼前的卡片深深地震撼了，何山摸着小女孩的头，拼命忍住想要落下的眼泪，但眼泪还是控制不住，千言万语如鲠在喉。走进她们简陋的出租房，何山看着客厅中央端放的黑白遗像，沉默了。那个敦厚的年轻人，带着浅浅的微笑注视着前方。何山脑海里如电影般晃过一幕又一幕：在尘土飞扬的路上，旁边碎石散落，行人正在往外撤离，而身着鲜艳消防员制服的战士们义无反顾地冲向前方。这股勇敢逆行的力量，行走在生与死的"悬崖"边，只为在大难之前，给人们带来生的希望。

　　回程的车上，大家都沉默不语。车窗外，碧空如洗，和煦的阳光从密密的松针的缝隙间射下来，形成一束束粗粗细细的光柱，把飘荡着轻纱般薄雾的街头林荫照得通亮。

　　何山依然是怔怔地看着外面的车水马龙发着呆，宋老首先打开了话匣子，他对何山说："你看，何山，生死不过是一个轮回，生命的终极问题是如何去理解其中的平衡关系。我们重新去审视这场爆炸事故，逝者几近悲壮的使命感，最终目的是为了守护这种平衡。生命是无始无终，是圆融相续的。而我们生者，应该做的，不是继续自责、沉溺、悲痛、纠结，而是应该接棒这个未竟的使命，继续走下去。"

　　"凡夫即佛，烦恼即菩提。前念迷即凡夫，后念悟即佛。前念着境，即烦恼；

后念离境，即菩提。"宋老对着何山缓缓地说，"归来恍与鹤仙同，每个生命都值得敬畏。执着是生命的责任，放下是心灵的解脱。我们都是以出世之心，行入世之事，想要摆脱桎梏，以身实践，尽自己一切所能改善情况，让被蒙上阴霾的心灵重新澄澈。"

对境练心，一切事情的发生都在修心。

妇幼保健院办公楼前，江楠和秦梅正紧张地来回踱步，心里忐忑不安。车停在门前，何山走下车，向她们走来。他脸上微微一笑，静静地说："这段时间让你们担心了。我想，我会努力好起来的，尽快回到正常的生活轨道上。"一旁的江楠带着不可置信的眼光，望向车里的宋老，秦梅则喜极而泣，拉着何山的手臂说："老何，今晚我做你最喜欢的红烧牛肉如何？儿子今天期末考试结束，我们一家三口好久没有好好吃顿饭了。"

夕阳西下，寂静像雾霭一般袅袅上升、弥漫扩散。风停树静，夜幕渐渐笼罩了城市的每个角落，整个世界松弛地摇晃着躺下来安睡了。

打通心脉，

不请自来

六月初夏微湿的清晨里，长长的薄雾，横亘在这个城市的上空。一场大雨打过的芭蕉和滴着露珠的叶子，悄然地惊醒了树上的百灵鸟和昨日鸣叫不止的蝉儿。

淡淡的阳光透过窗户一点点渗进房间里，何山披衣起床，沿着铺满清露的小路走着。此时的东方已经泛起红晕，空气清新得令人沉醉。何山抬头看见天上明亮的星星还在，月亮散发出温柔的光芒，他悠悠地想，多年来一直以为月亮的光辉是清冷的，却在这样的一个清晨，看见了月亮最温柔的光芒。

做了几个深呼吸，何山畅快地吐出胸腔里的浊气。自从上次与宋老见面后，何山内心的淤塞开始慢慢地疏通，整个世界渐觉明净起来。此刻，所有的一切都是新的。

这段时间，何山的工作状态明显不及从前了，坐在办公室里魂不守舍的样子让人心疼。领导体恤他，特意给他安排了一周的休假。突然闲适下来，何山觉得无所适从，脑海里只闪过一个念想：那个言语间皆是智慧的老人，在他独自一人在穷荒的大漠里跋涉之时，陪他一同走，一起披荆斩棘，去面对那个记忆黑洞里的未知，去寻找那一束光芒，他是自己这场历劫中来提供援手的贵人。

他开始明白，自己和身心的距离就是和这个世界的距离。懂得面对自己是给自己一个空间，也给了他人一个空间。

乌云蔽日，只待清风。

循着上次宋老提过的地址寻去，何山许久没来这里了，两个山顶修建了凉亭。凉亭巍然耸立，颇有古建筑的韵味，亭六角悬吊着六个小金钟，在轻风中叮当脆响。中庭空地处，一个熟悉的身影伫立在阳光下，背对着何山在缓缓打着太极拳。迈步如猫行，运劲如抽丝，动作刚柔相济，静中触动动犹静，行气如九曲之珠，运劲如百炼钢。何山忍不住惊叹一声"好拳法"！眼前人转过身来，冲他一笑。

"宋老，我是何山。这次我是专程来找您的。"何山脱口而出自己的来意，"上次您给了我很多启发，我觉得自己内心的郁结有了一些改观。"宋老转身，微笑着说："年轻人，我还可以为你做点什么吗？"

"我想跟您学太极拳和中医。"何山有些不好意思地说。在这场和自己的拉锯战中，自己孤单地和从四面八方袭来的执念抗衡，时而觉得深陷其中苦感无助，时而奋力逐行还是看着彼岸离自己越来越远，却无能为力。

"学太极？学中医？你确定自己能坚持？"宋老笑着反问他，"曾经很多人远道而来但免不了叶公好龙，浅尝辄止，新鲜热乎劲儿一过就放弃了。"何山有点儿不好意思地说："嗯，我要以破釜沉舟的决心完成自救。"宋老很欣赏他的执着，于是点点头。是的，坚持的这个过程，也是一种涅槃重生。

"好，咱们现在就可以开始。"宋老调整好姿态，一套拳法行云流水，旁边站着的何山看得入了神，他深深感到一种心静意远、中正安舒的意境，在内心舒展开来。

"一动无有不动，一静无有不静。"何山跟着一起练起了拳法。这种在众人眼里特别磨砺练拳人意志的拳法，能让人真切地领略太极之神妙，勤练不辍，自然会难以割舍。宋老数十年如一日习练太极拳，正是静态桩修先天元气，动态桩修后天筋骨，在活学活练之中，最后一切换劲成了随机变化。

万物皆有势，山有山势，水有水势。每个清晨，何山都早早来到老地方，按照和宋老的约定，开始太极的学习。何山想，学习太极的目的，不仅是为了解决问题，更重要的是愿意通过学习反观自己、探索自己，发现一个更好的"我"。道为己修，那刻修的是自己的心境。

踏着清晨晓露的晨曦，迎着旭日初升时的微光，两个白衣耍剑的身影，相互映衬，如同两只展翅欲飞的池鹭。从肢体的柔顺到精神世界的宁静；从外到内、由实到虚、由动入静，看似云淡风轻之间，拳架既含蓄蕴藉，又透露出无尽的潜能，既浑厚沉着，又到了神气飘逸的境界。

日暮时分，何山坐在凉亭中小憩，看着这漫天彩霞，不禁感叹，浩然天宇，夕阳无尽。西望天际，晚霞燃烧着无限的夏意。夕阳衔云，微露一笑留下瞬间绝伦之美，充满了灿烂生动，充满了诗情画意。然后，余晖慢慢隐去，周边群山起伏，暮烟萦树，白鹭翩飞，林湖苍茫，水天一色。两人谈笑之间，尽是浅淡有致、袅袅悠悠的淡然。

"精神内守，病安从来"，说来也神奇，何山开始迷恋上正气十足的拳法一段时间后，他已不必再费心思去记忆动作。由于动作缓慢，呼吸就自然深长，随时随地都有一种彻底放空自己后轻松愉快的感觉。待何山自我感觉良好，两人就对拳过招。宋老的功夫真是神妙莫测，发劲充实，冷快绝伦，迅雷不及掩耳。与他推手，仅觉微掠其衣袖，完全是虚空无物的感觉。只要何山一出手，就站立不稳，两脚不听使唤了，两手仿佛变得毫无用处，只觉如蛛网缠束，全身用不上力气，同时又觉得他有很多只手，自己处处都挨打，既无招架之功，又无还手之力，让何山暗暗称奇。

佛曰：一念愚即般若绝，一念智即般若生。据说当年佛祖讲经，没有说话，只是拈着花不语，大家都不明白，唯有迦叶尊者回以微笑。佛祖便说：得我道者，唯迦叶矣。何谓道？道，就在拈花一笑之间；道，就在天地之间。一念悟道，决定人的一生。人是复杂的，人又是简单的。或成佛，或成魔，人就处在佛魔之间。这也许就顿悟在瞬间的一念。善者，诚谦慈勤俭也；恶者，欺骄嗔惰淫也。人之善恶，皆由心生。心善则成佛，心恶则成魔。在一念之间，很多事情已经有所决定和改变。

何山亦步亦趋地跟着宋老学太极已经有半个多月了，宋老和秦梅、江楠商量着，要彻底改善何山内心的郁结，必须由内而外，而中医是一个不错的方式，大可一试。他们一拍即合，决定从最根本的问题着手。

这一天是周日，许久没有一家人在一起过家庭日的秦梅，提前悄悄买好了环球星乐园的套票。雨后的早晨，太阳冲出乌云的包围后，终于露出了整张脸。此时阳光直直的，却不呆板、单调。夏天少有的凉意伴着美丽的阳光，沁人心脾。

秦梅早早做了丰盛的早餐，看着何山和儿子天天一边大快朵颐一边有一句没一句地搭着话。虽然没有以前雀跃热烈的气氛，但她在何山渐渐不再憔悴苍白的脸上，看到了久违的浅笑。

三个人开着车出门了，一路上清风白云，何山内心布满阴霾的天空，一点一点乌云尽散。看着车里叽叽喳喳的儿子，听儿子一路讲着学校的趣闻，问着天马行空的问题。何山静静地听着，时而微笑着点头，时而耐心地回答孩子的"十万个为什么"，时而引导天天去观察路上的建筑、植物等有趣新奇的事物。他们之间的隔阂芥蒂不知什么时候开始雾释冰融，两个人嘻嘻哈哈的十分和睦，让秦梅甚是暖心。

到了游乐场，"今儿咱爷俩就放胆去玩平时没试过的惊险刺激的项目，怎么样？"何山向儿子发起了"挑战"。孩子欢呼着喊着："Go！爸爸是宇宙超级无敌厉害的蜘蛛侠！"何山不禁愣住了，一起生活这么久，天天从未如此自然而然地喊过他一声"爸爸"，自从他永远失去了自己的孩子后，他以为这一生，自己都很难再听见这个带着浓浓爱意的称呼了。

云霄飞车启动了，父子俩紧紧地握着彼此的手，在短短的几秒里，身体就在超重和失重的状态下，享受难以名状的乐趣。飞车中盘接环，连绵横过，宛如巨龙在水中，缠绕钢轨道做出翻转，侧面卷绕和双列直线扭曲，父子俩坐行其中，上下翻腾，何山在极致的速度和激情中畅快淋漓地释放出内心的压抑感。

多么难得的快乐时光啊！

何山精神抖擞地走在办公室长长的走廊里。尽头的一角，宋老站在窗边，看着窗外熙熙攘攘的车流。"何山，我今天带你去一个新的地方，相信你会喜欢的。"何山点点头，和科室的同事打了招呼后，便跟着宋老上了车。

车停了，两人下了车。何山抬起头，仔细打量眼前的这个地方。挂在大门正中央的牌匾上，"善忠堂"三个苍劲有力的字映入眼帘，很是醒目。推开门进去，这家中医药堂偏居城市最西边一隅，是宋老的得意弟子新开设不久的药堂。平实的线条勾勒，素朴的色彩氤氲，恰如其分的留白，室内陈设将中式风格运用其中，舒张有度，筑就一方气、形、神和谐统一的天地。方寸之间亦见天地之宽，雅致含蓄，舒适自在，让人感受到了对空间的归属感，以及中医历史的文化韵味。长椅上坐满了前来就诊的人们，尽管人很多，但都秩序井然。

"每一个生命都蕴藏着无限的修复潜能，而人体是一套完善的系统，可自我调节。中医疏导郁结的最终目的，就是唤醒我们的生命感以及自我修复的潜能，这种巨大的潜能是与生俱来的。"宋老一边看似漫不经心地在翻看各种中药材，一边引导何山去思考中医学对心理抑郁的影响作用。他告诉何山，面对生死，我们应该有超越医学的思考，对死亡的感知和认识，是我们理解生命、把握自己人生不可缺少的一部分。宋老打开一本中医药理论书说，"所以，改善和调节身心循环的最好方式就是，顿悟见性，用自己所有的一切燃起黑暗中的一抹光亮。"

那一次爆炸事件给何山带来的，无疑是他人生中所经历最震撼的意外。他陷入茫然和自责，他不知道自己的出口在哪里。宋老说，那是因为他躲在这个困局作茧自缚太久了。也是因为这个反抗的过程是痛苦的，在无意义中寻找意义是艰难的，所以他放弃了。但是放弃并不等于轻松。因为人无法承受生命之轻，无法承受因为自己来不及挽救而带来的悲剧之痛，所以他无法自拔。

当这场自我对抗成为一场战役，何山的内心世界成为一个战场，这里只会越来越弥漫硝烟。很多情绪被压抑，他面对的是被摧毁的更支离破碎的心灵废墟。

走出"善忠堂"，他们踏上回程的路。车窗外，瓦蓝瓦蓝的天空，大朵大朵的白云像极了棉花糖。刚下过雨的空气特别清新，一条彩虹横卧在远处的山间。何山舒展开习惯性紧皱的双眉，耳边是呼啸而过的风声，僵硬冰冻的心一点点变暖变柔软，他终于"醒"了过来，那些过往的悲欢疼痛，可以过去了。

"战火"之后，应有顿悟；内心的和平，需要修为。拨开乌云见明月，去除烦心见自性，源于一种明心见性的智慧。

"朝暾既升淮海见，瀌瀌雨雪自消融"，何山那满是密布雪山冰川的世界，在倾斜而下的阳光照耀下，渐渐融化，雪水顺着峭壁流淌而下，汇聚成山涧、溪流。

生活渐渐涂染上暖色调，何山的生活驶回了正常的轨道。每个人的内心都有一扇窄门，穿过这扇门又见一片天。经过人生的荒凉，才能抵达内心的繁华。秦梅看着丈夫脸上焕发的一点点神采，心里甚是安慰。家里也多了很多欢声笑语，秦梅不必再像之前那样，进家门前深吸一口气，如履薄冰、小心翼翼地观察何山的表情，细细斟酌每句话每个字眼该怎么表达，才不会触及何山那脆弱敏感的神经。而身居市妇幼保健院工会主席的何山，每天要面对很多繁杂琐碎的事务，里里外外、大事小事都要经过他的审批核对，内心必须平静如水、毫无杂念，才能笃定将工作处理得有条不紊。

多年的急救科医生的职业习惯，让何山每当路过妇幼保健院那忙碌的候诊室时，都有强烈的想投身其中、解决患者痛楚的冲动。他感觉，自己心灵的创口已接近愈合，可以胜任急救科的工作了。

正如毕业前班主任老师语重心长的寄语："你的负责任，是因为你心中有爱。"

工会副主席严芳芳最近因筹备个人的心理咨询工作室忙得昏天暗地，毕业以来，她一直有这样的梦想，也在努力一点点付诸实践。中午开完会后，何山迈着轻快的步子，从食堂回到办公室。一旁的严芳芳正专注地在电脑前写着工作室的工作计划书，何山凑过去看，好奇地问道："小严，这么执着开心理咨询室，你的动力和目标是什么？"在何山心中，这个毕业才几年的小姑娘，对自己认定的事情有种近乎执拗的坚持与冲劲，骨子里透着让人折服的霸气。

"小时候，我是在外婆的照顾下长大的。而外婆在重男轻女观念很重的家庭里长大，生活气氛十分压抑。我常常看着她在外公的严苛训斥下，静静地蜷缩在角落里抹着眼泪不敢吱声，到了深夜偷偷找一个地方，声嘶力竭地哭泣呐喊。小小的我，见惯了她的极度压抑，也见惯了她的歇斯底里，两种极端的情绪对抗，也让我的童年蒙上了一层浓重的灰色。我开始有种渴望，想以自己微薄的力量，来拯救像外婆那样的可怜人。"严芳芳抬起头，沉浸在往事的忧伤之中，"高考结束后，我毫不犹豫选择了心理学专业。只可惜还没等到我毕业，外婆就因病去世了，这份遗憾便深深埋藏在我心里多年。毕业典礼那天晚上，我在寂静的操场一圈又一圈地跑着，滚烫的汗珠顺着额头落下来，视线变得模糊不清。我仰望星空，对着夜空的那一头暗暗发誓，我将来要帮助更多像外婆一样有心理创伤的人们……"严芳芳沉浸在过往里，情绪如同汹涌的海水将她团团包围起来。

一滴水唤醒一片海，一个人影响一座城。严芳芳坚信，将一个人唤醒是对这个世界最大的福德，而自己醒来是对这个世界最大的贡献。

何山没想到，这个平日里看起来嘻嘻哈哈的年轻女孩，内心竟然深藏着这样的暗涌。而梦想的种子一旦种下，就无法阻挡它在阳光的浸润下，慢慢长成参天大树。这不禁让何山想起记忆深处同样的一个梦，在医科大学读研的时候，他就选择了辅修心理学，因为他深感仅仅是治疗人的身体病痛远远不够，现代人更需要的是，找到能够疗愈心灵找回自我的那把钥匙。他心里装着英雄主义情结，希望自己能成为那个远征四方的蜘蛛侠，拯救那些沉溺痛苦中的灵魂。

共同的想法，让他们熟稔起来，他们常常在休息时间热烈讨论相关的话题。严芳芳还诚挚邀请何山和她一起，运营这家心灵成长中心。何山很爽快地答应了，并为此去考了心理咨询师资格证书。

之所以叫心灵成长，是因为严芳芳不希望前来期望得到帮助的人，是被视为心理有疾病的人。她认为，每个人在生命的不同阶段，都可能遭遇心理蒙尘的可能。他们或如同被困囚牢的小动物，奋力挣扎，想要努力从泥泞中爬起来；或如同溺入深水区的人，深陷不安、自责、焦虑，被命运紧紧扼住咽喉，想要呐喊却喊不出声。他们要做的，就是帮人们打开紧紧封闭的心扉，卸下负担。

每个人的内心都有一扇窄门，

穿过这扇门又见一片天。

经过人生的荒凉，

才能抵达内心的繁华。

第二章

自我
：

你不知道你有多爱自己

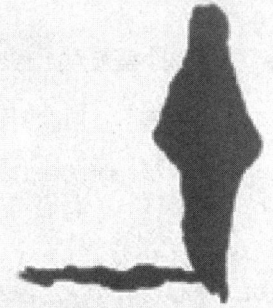

细胞，

是你的忠诚卫士

　　八月盛夏，炽烈的阳光在天地间挥毫泼墨，在蓝天白云下，描绘着一幅幅多姿多彩的画卷。映入眼里的或墨绿，或青绿，都完全地脱了鹅黄的底子，它是这般的葱茏和葳蕤着，浓浓地把生命的层次极尽展现。夜幕渐渐降临，晚霞像火焰一般地燃烧，遮掩了半个天空。一场云雨过后，空气特别清新，那种感觉像玻璃一样。

　　这个盛夏对于何山来说，带着欢快热烈、欣喜欢腾的旋律。空气里开始散发草木的香气，窗外的树木已经葱绿欲盖、枝枝蔓蔓了。小鸟的鸣叫特别婉转，所有的植物都骄傲地展现出最诱人的生命原色。

心灵成长中心在严芳芳和何山的奔走努力下已见雏形；何山的心理创伤也渐渐结痂愈合，情绪已趋向稳定，他自觉能够胜任原来的工作，便向领导申请，希望能早日回到医院的急诊岗位。

"那里是我的使命所在，我该回去了。"何山向妇幼保健院工会办公室的同事们辞行。虽然共事的时光不长，但他们给予了何山最需要的接纳和包容，耐心地等待何山走出生命中的沼泽地，不管这个过程有多漫长。

恢复急诊科工作的第一个工作日到来时，天还没亮何山便早早起床，在高楼大厦的缝隙里穿行。在上班的路上，晨曦里的清新明媚扑面而来，何山站在原地，对着月亮，心里有许多话想要说，可最终一切言语都化成了从心底绽放的微笑。天地之间，只有头顶的星星和月亮、东方日出的红晕、脚下的小草和自己。

七月初，儿子天天的学校开始放暑假。经过这段时间的磨合相处，何山和儿子的关系日趋亲昵，打篮球、骑单车、放风筝、野外探险……何山常常变着法子带天天去户外运动、游玩，感受大自然的美好。一大一小的身影在夕阳的余晖下，彼此互相依赖。何山发现，这孩子的性格跟自己有些相像，敏感、心细、善良，对认定的事心怀执念，有梦想和使命感。

周末一大早，何山和儿子准备就绪，按照两人的约定，今天要去郊外的丰子山徒步。车行在路上，窗外的缕缕清风，让何山深感抒怀。隔夜的一场透雨把万物洗濯得清清爽爽，空气中弥漫着草木花朵的幽香。近处是新绿，远方是缥缈。一缕清新中带着湿润的空气扑面而来，狠狠吸上几口，让空气的余味在胸腔里翻转沉淀，感觉像喝了一口甘露，让人全身毛孔舒张，精神为之一振。

到了山脚下，何山扛起帐篷，天天背着防潮垫，向山的高处进发。雨后的山林，浮尘洗净，静谧无声。穿梭在陡峭的树林深处，沿石级而上，天天时不时地发现很多有趣的玩意，然后惊喜地呼喊着何山过来一起看。

突然，爬上树想摘榛果的天天脚底一滑，从树上摔了下来，膝盖上方裂开了一道深深的血口子，淋漓的鲜血不住地往下滴。天天蹲下来，痛得捂着伤口哭泣起来。何山走过去，拍拍他的肩膀说："嗨，大小伙子了，这些小伤小痛总是难免的，你知道吗？我们每个人都拥有天生的'超能力'。"

天天惊讶地抬起头，泪水凝固在眼眸里，他带着不可置信的目光认真地看着爸爸的脸。何山一字一顿地看着远方说："我们每个人都会不小心蹭破了皮肤、出血，过一会儿血就会自然止住。再过几天，伤口就会结痂，一星期后痂脱了，皮肤恢复平整，再过一个月，皮肤恢复成原来的样子。血之所以能自行停止，其实是因为人体有天然的止血药——血小板。这证明人体有强大的自我修复能力。其实这种神奇的修复功能，也就是人体的自愈力，它是身体里的神医。我们肉体的自愈靠的是身体本身复杂而强大的免疫系统，这个免疫系统让我们在面对外部轻微创伤时不再紧张和恐惧。"

何山和儿子继续慢慢往前走，累了择一处巨石嶙峋的山崖坐下来，极目远眺，远处隐约可见的山影向天际无限延伸，颜色深深浅浅，泉流溪涧。何山继续说道："自愈力如同大树的根，根壮叶就茂。只要树根强壮了，全树冠所有枯黄的叶子都会一起变绿。自愈力增强了，全身所有的病都会一起得到治疗。当人体的这种自然自愈力下降时，就出现了疾病和衰老，所以增强人体自愈力是修复疾病的关键。"

天天听懂了，爸爸的意思是，细胞是我们身体的忠诚卫士。何山指着天空盘旋飞翔的老鹰说："爸爸知道你喜欢蜘蛛侠，爸爸也很喜欢他，爸爸喜欢他身上英雄的特质，捍卫正义、忠于自己的内心、有责任感。身为蜘蛛侠，彼得的生活无法按固定的轨道前行，未知的黑暗和挑战正在前方等待，而来自内心的召唤，来自责任感的驱使，也可能是命运的特殊安排，他还是履行着艰巨的使命，承载起公众的崇拜。当彼得遇到生活挫折的时候，他仿佛跌入了阴暗的深渊，失去了做英雄的信心和勇气。当他孤身一人，将小女孩从火灾中救出时，那个蜘蛛侠又回来了。爸爸也在努力做急诊一线拯救患者的'蜘蛛侠'。"

天天好奇地问："那我们的精神，也有自愈能力吗？"

何山对儿子好学、爱思考的习惯感到十分欣慰。他耐心地解释着："自愈力既是天生的，又是可以被激发出来的。我们人类的精神世界说脆弱也脆弱，说坚强也坚强。很多时候就是一瞬间被外界击溃了心理防线，走入痛苦中无法自拔！可见我们不仅需要身体自愈能力的提高，更需要精神自愈能力的不断加强。"

天天若有所思，像是想起了什么似的，突然拉起何山的手，急急地要下山，"爸爸，我们班上有个同学叫晴晴，她需要我们的帮助。她就住在这里不远，我们去看看她吧。"

何山跟着孩子的步伐，来到山下一个小区居民楼的一户人家门口，轻轻敲了几下门。门开了，一个脸色苍白的小女孩用怯生生的眼神看着这对父子，她就是晴晴。原来，晴晴去年的期末考试考砸了，一向在校表现优异的她，从来没有在外流露过太多情绪起伏的她，生平第一次，在教室外的走廊转角哭得梨花带雨。在大家纷纷安慰她"这一切都结束了"时，她却喃喃自语："不，是一切都要开始了。"

何山说，我知道，她说的是她自己。在虚无缥缈的半空中游荡的灵魂，始终找不到落脚的地方，他也曾有过这样的感受，自己就像一座孤岛，在遥远的海上独踞，清寒冰冷。但自己和她不同的是，自己有掌控航向的能力，即便是孤岛，即便是在大海中漂流，那也要做一片可以移动的大陆，不失去追逐的动力，也不将心困死在一处，带着从大海中汲取的力量，勇敢前行。

后来，晴晴休学了，她花了将近一年的时间，在反复的失望失落中不断重建自我，摸索前行。父母家人不理解，觉得家里已经给她提供了衣食无忧的生活环境；学校老师觉得这个孩子不过是遇到挫折罢了，不足以崩溃至此；同学们更是不明白，晴晴为什么要把学习成绩看得那么重。

然而，没有人真正注意这个孩子内心经历着怎样的狂风暴雨。极度敏感纤细的她，在热热闹闹的人群中，总是习惯性封闭自己，她在心里暗暗给自己设下很高的要求，要是达不到就痛苦不堪。每次班级表演，她都盼着能被选上，偶尔落选了，她就会一个人跑到楼顶天台，哭得天昏地暗。然后很长一段时间里她变得沉默无言，觉得全世界的人都在暗暗讽刺她，甚至出现了严重的幻觉。尖锐刺耳的嘲笑声在耳边不时响起，铺天盖地的绝望席卷而来，将她团团围住直至吞噬。她常常从类似这样的噩梦中大汗淋漓地醒来，像挣扎在蜘蛛网上的虫子一样，无力动弹。仿佛一夜之间，她从一个别人眼中的佼佼者，变成了一个抑郁自卑的狂躁者。

　　何山坐在晴晴对面，看着眼前这个女孩局促不安的样子，很是心痛惋惜。他说：“你好啊，晴晴，别紧张，我是天天的爸爸，我是医生。叔叔想问你几个问题，你现在的目标是什么？你想做的事情是什么？”

　　晴晴低下头，小声地说：“我想读书，我想返回校园，但是我爸爸妈妈不让，他们说我有病……”

　　何山继续引导她说：“晴晴，我们先不要去想我们要实现什么事情，人生最痛苦的就是，你想做的和你应该做的恰好相反。你有两种选择：一是接纳所有应该做的；二是坚守自己想要的。你必须尽一切可能将两者统一，否则你的生命将会耗费在持续的内耗里，所以叔叔想帮助你先找回自己的内心。”

　　晴晴定定地看着叔叔的眼睛，泪水顺着脸颊滑了下来。“我怕，我怕爸爸妈妈觉得我不是他们心目中的好孩子了。您不知道，我是多么渴望得到他们的关注、重视、欣赏和爱。我不允许自己，偶尔不够好。”何山接着她的话继续说：“如果你的爸妈允许你这样偶尔的不优秀，你会允许吗？”

　　“嗯，嗯，能！”

　　“那个允许对你来说是你自己的还是爸妈的？哪个才让你更自由、更有力量呢？无论曾经你爸妈对你有过怎样的期待，但是你已经长大了，需要勇气面对自己的期待和未来。真正能让你自愈的不是别人而是你自己，我们喜欢遇到问题向外求答案，却忘记了，答案都在自己的身上。当静下心来向内探寻的时候，那个智慧的你一直在等你。"何山一针见血地指出晴晴的问题所在。

何山决定帮助这个小丫头，她让他想起了自己的一位师姐。似曾相识的故事情节，师姐大二的时候休学两年，不管是学习还是生活，日子里始终照不进一束阳光，就好像一个人在一条黑色的隧道里行走，伸手不见五指，却要哆哆嗦嗦摸索前行。用师姐自己的话说就是："每天都在心里暗示自己，要勇敢，要自信，再难过的事情，蒙头睡一觉就好了。事实上，让这一切变好的从来就不是虚幻梦境，而是她自己那超强的自愈能力。仿若是经历了一次重生。"师姐经过自悟，终于醒了过来，恢复了原有的生活轨迹。

当觉得身边没有人在意你，没有人爱你时，你会孤独痛苦，却未曾发现自己都不在意自己，不爱自己。当心门紧闭时，你并非缺少爱，只是自己没勇气打开心门去接受爱，放下那份自私和怕受伤的懦弱，自信永远是打开心门的钥匙。

自愈力，既在行动，亦在精神。精神上的强者，必定有着超乎常人的自愈力，每一份成长都是内在整合的过程。

在何山的努力下，晴晴答应了他们，尝试着走出家门，远离心灵的喧嚣纷扰，一起去郊外寻找生活中的小确幸。温情的引导与欢乐的时光让晴晴在大自然中寻求到一种和谐的力量，这种力量是现实世界与人内心的本能世界所追求的自然平衡与调和。

阳光慢慢地浓郁起来，三个身影行走在阳光下。晴晴觉得自己的脚步轻盈了许多，呼吸也变得畅快舒适。身体是最诚实最感知灵敏的部分，山山水水的灵气，唤醒了沉睡已久的生命知觉。

走累了，三个人坐在一块巨大岩石的凉荫处，吃着山下买的水果，聊聊天。

何山给两个小朋友讲了余华《活着》那本书里的故事，孩子们听得意兴盎然，久久思量。

"地主少爷富贵吃喝嫖赌，输光了家产，把父亲活活气死后，他成了一个农民。母亲生病，他上街买药，结果碰上抓壮丁，被送上了战场。等他回到家里，母亲已经去世，女儿因为生病没得到及时医治，成了哑巴。后来儿子因献血丢了性命，女儿也因难产死去，紧接着妻子也离他而去。后来，女婿在一次事故中丧生，他带着才几岁的外孙一起生活，没多久，外孙因为吃豆子撑死，只剩下他一个孤家寡人。

"他一次又一次送走身边的亲人，经历一次又一次的伤痛。面对这样的打击，如果没有强大的自愈能力，恐怕早就随亲人而去了，但他活了下来。"

天天接话说："爸爸，这个故事的寓意我明白了。就像我们老师说的那样，这世上，没有人活得容易，每个人心里都有伤，心灰意冷没有用，不管遇到什么困难，你都得爬起来，爬不起来，就永远倒下去了。"

然而，没有经历过的人只是隔靴搔痒，只有经历过的人才会懂得其间的悲苦沉沦，才会明白走过短短几步，要跋涉怎样的复杂艰辛、万水千山。但人的心终其一生，都在成长，我们都必须学会从悲观消极的情绪状态中快速走出来。

远处山峦起伏，若隐若现的薄云淡雾在风中渐渐消散。人生历程的坎坷经历，是让我们变强大而非脆弱。

何山感叹，这些故事像一面镜子，照出不少人隐匿在灵魂深处的伤痕……当我们一直想通过外力去改变自己时，其实忘记了完全可以通过内力激活自己。身边很多人没有激活这个功能，他们都需要更高层次的觉醒，是时候让他这个"蜘蛛侠"出场了。

条件反射，

让危险擦肩而过

何山万万没想到，刚刚回到急救岗位上的他，还没来得及重整旗鼓就遇见了一位"熟悉的陌生人"。

说熟悉，是因为三年前的那场大爆炸他们有过一面之缘，后来的宋老也是她介绍相识的。说陌生，是因为除了大爆炸和结识宋老之外，他们两个再没有过直接的交往。在何山情绪低落、最艰难的时刻，他似乎刻意屏蔽了关于她的一切信息，他连本市的电视台节目都拒绝收看，就是担心看到她联想起那段刻骨铭心的往事。

秦梅却把这个人当成知己，时常保持着联系。江楠出事的消息，也是秦梅第一时间通知何山的。当时，正在公园跑步的何山得到消息，连衣服也顾不得换就火急火燎地赶回了妇幼保健院的急诊室。

江楠躺在病床上，秦梅和严芳芳坐在一旁，一个削苹果，一个剥橘子。但江楠面无表情，显然对眼前的水果不感兴趣。

主治医师刚刚给她做完检查，见何山进来，招呼说："何主任，已经拍了片子，没什么大问题，只是崴了脚，脚踝肿胀得厉害，暂时走不了路，休养一段时间就好了。不过，病人家属想跟您聊几句，这位是贾老师，在市一中教书。"

何山这才注意到病房里还有一个文质彬彬的男子，只见他戴着黑框眼镜，双手在不断地揉搓，显得有点儿紧张。

何山对男子说："您先跟芳芳到我办公室坐坐吧。我先看看患者的伤情，马上过去。"

此刻的江楠躺在病床上一言不发，对何山的到来无动于衷，好像他们两个是陌路人一样。倒是一旁的秦梅觉得有些尴尬，就主动卜来介绍情况："江楠刚刚生完二宝，前天二宝才满月，今天江楠出来透气，在小区里散步。四楼的陈阿婆在浇花，不小心打翻了花盆，一盆吊兰从天而降，差点砸到下面做游戏的小朋友，多亏江楠眼疾手快，一个箭步把孩子抱走，那花盆砸到了她的脚后跟。好险啊，这要是砸到身上可不得了，别说孩子，就是大人也经受不住啊。陈阿婆吓得心脏病都犯了，好在抢救及时，没什么大碍。"

江楠喃喃自语道："砸死我才好咧，省得活着这么麻烦。"

何山一听这话，心头颤了一下。这个念头他也曾经有过，而且不止一次在脑海中盘旋，挥之不去。

何山沉思了几秒后，对江楠说："我说江大记者，您也应该听过大难不死必有后福这句话吧？三年前，咱们在那么危险的鬼门关走了一遭，今天您又从飞来横祸中拯救了活蹦乱跳的孩子，这是多大的福报啊。救人一命胜造七级浮屠，我看这老天爷，还没有把福报都还给您呢。咱们呀，先好好活着，把修来的福报享用了再说。"

秦梅笑道："你这啥时候开始走佛系路线了？咱们江楠大美女早就不在电视台当记者了，人家现在是大好河山文化公司的老总，你这信息也太滞后了些。"

何山也笑了，打趣说："不做记者了？也挺好，做记者多辛苦，那是青春饭，人往高处走，还是做文化产业有前途，以后我们都得向江总多多学习。"

江楠瞟了何山一眼，对这种客套话不屑一顾，转身躺下，丢给何山一个冷冰冰的背影。何山见状，也觉得无趣，于是叮嘱秦梅好生照料，自己先去办公室，看看能否从江楠的老公贾老师那里了解一些情况。

办公室里，严芳芳已经给贾老师泡好了工夫茶，何山从书柜里拿出一些干果和茶点，两个小时后，关于江楠的故事逐渐清晰起来。

江楠家境贫寒，她刚刚生下来不到半年，父母就响应国家号召去了新疆支援边疆建设，留下她跟着年迈的爷爷奶奶相依为命。爷爷是生产队的厨师，也是一名资深的党员。奶奶在公社的食堂打下手。在那个物资匮乏的年代，忍饥挨饿是家常便饭，为了不让小江楠挨饿，奶奶便趁着工作的便利，常常顺手捎带食物回家给小江楠吃。带食物的时机和火候十分重要，通常是在开饭前的几分钟，早了食物没熟，晚了会被人发现，所以一般情况下，奶奶会在主食刚刚出锅的时候，用蒸笼布裹了热腾腾的红薯或者窝窝头偷偷藏在怀里。

奶奶忍着疼痛，隔三岔五地给小江楠带吃的。滚烫的食物把奶奶的肚皮烫坏了，一开始是起泡蜕皮，久而久之，那里便形成了巴掌大的一块红印儿，就像一块儿鲜红的胎记，形状活脱脱一只平躺着的红薯。

江楠五六岁时，生产队也解散两三年了。夏天在院子里乘凉的时候，江楠依偎在奶奶的怀里，用小手抚摸着红薯印儿让奶奶讲故事。奶奶为了逗她，就编了一个故事哄她。

很久很久以前，奶奶的祖奶奶和族人为了躲避战乱，从山西老槐树出发，一路南下逃荒要饭，寻找能够生存下来的地方。他们走啊走啊，穿过贫瘠的黄土高原，走过一望无际的大草原和巍峨绵延的太行山脉，来到了华北平原。然而，肥沃的大平原早就被地主们霸占了，哪里还有逃荒者的地盘啊？无奈之下，祖奶奶和族人只好饿着肚子继续南下，一个白发苍苍留着白胡子的地主老爷爷发了善心，给队伍里的老弱病残每人发了一个红薯。他还悄悄地告诉祖奶奶，关键时刻，这个红薯能救命，千万千万要保护好它啊。奶奶问如何救命，白胡子老爷爷摇摇头，说天机不可泄露。

祖奶奶带着这个红薯和族人继续一路向南，半路上有不少人忍不住饥饿的折磨把红薯吃掉了。祖奶奶想着白胡子老爷爷的叮嘱，好几次咽下了口水，把红薯紧紧地包裹着放在自己的怀里。就这样走啊走啊，走到了一条大河边，众人走近一看，波涛汹涌的黑河水像煮开的沸水不停地翻滚着，人们面面相觑不敢上前。正在大家一筹莫展的时候，河里来了一艘破旧的大木船，船家也是个白胡子老头儿。族人中有人迟疑着，说这要是掉进河里，可不就像开水煮饺子，把咱们都煮熟了喂鱼啊。

在大家纷纷迟疑不敢上船的时候，祖奶奶一个箭步跳到了船板上。祖奶奶对众人说："乡亲们，我们一路走来九死一生，这条河就是对我们的考验，如果我们现在停滞不前，就等于放弃了希望。我们只要勇敢地闯过这一关，就会更接近我们的新家园。这些磨难都是上天对我们的考验，我们只要勇敢一点，赢了这些挑战，才能创造美好的明天。"

在祖奶奶的鼓舞下，大家纷纷上了船。在眼看就要到达对岸的时候，一个巨浪从天而降，等大家反应过来，已经像饺子一样泡在暗黑色的河水里了。不会游泳的祖奶奶拼命地划向岸边，在呛了一肚子水后，才和大家一起爬上了岸。等大家回过神来再细看时，哪里还有白胡子老头儿和大木船的影子，身后只有一条恶龙般张牙舞爪的大黑河。

　　眼看天色已晚，大家决定在河滩上过夜。祖奶奶打开怀里的红薯一看，原本光滑的小家伙不知道什么时候发了芽，绿莹莹的嫩芽在月光下闪闪发亮。尽管此刻的祖奶奶饥肠辘辘，但她还是不忍心吃掉红薯，于是她在睡觉前，悄悄把红薯埋进了河滩。奇怪的是，当她埋下红薯种子的时候，原本饥肠辘辘的感觉瞬间消失了。祖奶奶做了一个甜甜的梦，梦中他们找到了新的家园，男耕女织安居乐业，子孙后代其乐融融，尽享天伦之乐。

　　第二天，东方刚刚露出鱼肚白，布谷鸟的叫声就把众人吵醒了。他们惊讶地发现，这哪里是什么河滩啊，大家明明是躺在一大片红薯地里，到处是绿油油的红薯枝蔓。用手一拉，一连串硕大的红薯就从沙土地里冒了出来。大家在这片红薯地里狂欢了三天三夜，等肚子吃得滚圆，又带了好多储备的红薯这才上路，最终找到了岭南的家园。

　　小江楠听得如痴如醉，可依旧没忘了打破砂锅问到底："奶奶，这个故事跟你肚子上的红薯印儿，有什么关系啊？"奶奶没办法，只好继续编故事。

　　祖奶奶他们一家安顿下来以后啊，就想起来那些救命的红薯，于是就在房前屋后种了一大片红薯地。后来有一天，祖奶奶发现自己的肚皮上长出了一个像红薯一样的印记。祖奶奶想，这个红薯一定来历非凡，肯定是老天爷安排的仙种，在她身上刻下这个印记，就是要提醒后人珍惜粮食，珍惜来之不易的安稳生活。

　　祖奶奶还许了一个愿，说如果苍天有眼，就让后人中的女娃娃也保留这片"仙迹"，世世代代谨记勤劳持家，保佑后世族人丰衣足食，切勿投机取巧走上不归之路。

　　小江楠歪着脑袋问奶奶："奶奶奶奶，为什么我肚子上没有红薯印儿啊？"

　　奶奶显然没有应对这个问题的心理准备，只好哄她说，你这小肚子哪里能放下一个大红薯啊，当然是等你长大了才有的啊。好了好了，快去睡觉吧，真是折磨人的小妖精。

何山听着贾老师讲江楠的故事，被深深吸引了，半天没有缓过神儿。一旁的严芳芳叫了好几声老何，他才从红薯的故事中走出来。

何山自觉失态，问贾老师："这个故事是江楠讲给你的吗？"

贾老师叹了一口气，从包里取出一叠书稿，说："江楠目前的状态，哪还有心思讲故事啊，这是她给奶奶写的回忆录，我是从这里看到的。我想，江楠现在肯定是特别想念奶奶！"

"江楠的状态？什么状态？她怎么了？"何山急忙问道。

贾老师看了一眼严芳芳，说："还是严老师来说吧，她研究江楠的病情已经有一段时间了。"

严芳芳想了一下后，告诉何山："江楠从电视台离职后开了一家文化公司，主要拍摄人物纪录片，客户主要是企业家和老人。一开始并没有什么异常，在她怀二宝的时候，情绪开始失控。"

贾老师忍不住插嘴道："后来，二宝身上红薯印儿状的胎记引发了江楠对过去的回忆以及对奶奶的思念，进而加剧了抑郁情绪！"

……

听完贾老师的话，何山不禁想起了一幅画。他望着窗外，只见晚霞如血，夕阳正被凝重如山的云层遮住了大半，一缕金色的阳光透过窗户，反射在墙壁挂着的一幅油画上，那是马蒂斯经典作品的复制品，名字叫作《开着的窗户》。

何山看着这幅画，若有所思，他对贾老师说："您先别着急，我跟您讲讲这幅画的故事，说不定会对江楠的情况有所帮助。我先请教一下，您认识这幅画吗？"

贾老师用严芳芳递过来的纸巾擦干眼泪，小心地说："我，我是教物理的，对艺术，不，不太熟悉。"

何山安慰他说："其实，在没有收到这幅画之前，我也不了解，甚至欣赏不了西方的抽象艺术，更何况，这个，还被称为'野兽派'画风。"

何山继续讲道："这位名叫马蒂斯的法国人，是因为一场阑尾炎手术爱上画画的。本来他可能是一名基层的法官，但正是母亲的无心之举改变了他的一生。

那是1890年的一天，21岁的学法律的马蒂斯被母亲送来的一箱让他用来打发养病期间无聊时光的画具所吸引，从此一发不可收拾，他抛弃了父亲想让他继承的家族产业或回家当个法官的规划，义无反顾地爱上了绘画。

"这幅《开着的窗户》是他的经典之作。画面中门扉敞开，外面的世界，阳台花盆、藤蔓缠绕，还有大海、船只和蓝天。随意的笔触，大胆的色彩，色块对比中，如果你用心体会，仿佛瞬间就能找到自己的影子，比如少年时就渴望到外面世界寻梦的自己，被关在钢筋水泥的都市丛林向往面朝大海的憧憬等。

"更有意义的是，送我这幅画的人，是一位重度的产后抑郁症患者。那是六年前的一个深秋，我们接到指令，配合公安民警、消防员一起参与解救一位割腕自杀的宝妈。"

何山说着，脑海中又进入了那个千钧一发的时刻。

偌大的客厅里，到处是宝妈手腕处洒出的血迹。何山赶到现场的时候，家里的老人已经昏厥过去，经过他的处理已无大碍，最大的威胁是拿着水果刀胡乱挥舞情绪极度失控的宝妈。只见她披头散发，只穿了一件短袖的睡裙，左臂和手腕处有好几道深深的伤口。如果不及时处理，病人可能会因失血过多而休克。当时的谈判专家、心理咨询师已经努力了半个多小时但毫无进展，情况十分危险。

何山看到客厅的墙壁上，挂着一幅油画。他站在那里看得痴迷，情不自禁地用手去抚摸了一下那幅画。

"别动我的画！"宝妈歇斯底里地喊道。

"你命都不要了，还在乎这幅画？送我吧。"何山一边说着一边假装去摘这幅画。

宝妈见状立刻把尖刀对准了何山，威胁道："住手！不然我杀了你！"

　　在场的公安民警眼看要冲上来把何山拉下去，何山摆摆手说："好好好，我不动你的画，但是我想请教一下，这幅画背后的故事。可以吗？"

　　"呸！你们这些俗人也配？"宝妈恶狠狠地说道。

　　"俗？你分得清雅和俗吗？"何山也有些生气了，但他心里还是有分寸的，当务之急是转移宝妈的注意力。于是他进一步刺激道，"就这水平，我小学时都比他画得好。这种垃圾，也只有你们这种标榜艺术的人拿来装腔作势罢了。你信不信要是你没救了，我一会儿就把这画拿回去劈了当柴烧，哈哈哈。"

　　"你，你混蛋！"宝妈端着刀就要刺向何山，被眼疾手快的公安民警一个警棍甩过去，刀子打掉在地上。两个消防员趁机箭步上前左右将其控制，按倒在了沙发上。何山迅速上前准备止血包扎伤口，谁知道愤怒的宝妈扭头就死死咬住他的右手不放。

　　"喂喂喂，那幅画我是真心喜欢啊，刚才都是刺激你的，我们都是艺术迷，相煎，何，何太急啊，啊啊啊。"何山叫起来，左手捏住了宝妈的鼻子，过了几十秒，宝妈终于松开了口。

　　无奈之下，何山给她打了一针镇静剂，等她醒来已经是第二天的上午了。这期间，何山正好把这幅画的来龙去脉研究了个底朝天。

　　第二天按照跟秦梅商量好的，他们又来了一场苦肉计。何山刚刚查完宝妈的病房，秦梅就怒气冲冲地杀进来，抬手在何山脑袋上甩了一巴掌。

　　"你不要命了是不是，你胸口能挨刀了是不是？你要是死了谁照顾我们的孩子？"秦梅说完蹲在地上痛哭流涕。

　　看到这一幕的宝妈感到非常内疚，连声道歉。最后出院时，把那幅画送给了何山，以感谢他的救命之恩。

　　说完后，何山看向窗外，若有所思……

"要不你在幸福中跳舞，要不你在痛苦中挣扎，你的人生由你去创造。生命的力量不仅是探索自己，还要向外去创造，去活出生命的价值。"何山讲完了这幅画的故事，严芳芳突然若有所思地说道。

所有的艺术价值在于它的启迪和唤醒。

严芳芳继续自言自语道："人都有下意识，哪怕是最危急的时刻，人的注意力也会被突如其来的下意识和刺激所打断。在每个人的内心深处，总有牵挂和念念不忘的人或事物，这是一种长期的情感积累，也是精神的寄托。那幅画就是宝妈的下意识，只要找到了这个点，问题就会迎刃而解，就像消极情绪的乾坤大挪移，让人瞬间转移情绪。只要极端情绪受到下意识的干扰，过激行为就很可能被终止。"

她转身对贾老师说："贾老师，您别担心，江楠今天就是下意识地救了小孩子啊，说明她的情况还不至于非常严重，她还是非常珍惜生命和充满爱心的。这两天我和秦姐好好照料她，何老师您不是有事儿要找宋老吗？赶紧去吧。相信我们一起努力，很快江楠姐就会恢复如初的。"

何山说："江楠那里，有秦梅和护士长照顾就够了。你是重量级的，还是跟我一起去找宋老吧。贾老师也跟我们一起去吧？我能从之前糟糕的状态里走出来，也多亏了宋老的开解和鼓励，说不定宋老也能帮助到江楠……"

你不放弃，

身体就战斗到底

　　何山给宋老打了几个电话都是关机，好在他已经习惯了。通常这种情况下，宋老是在打太极，一套流程下来，至少需要一个半小时的时间。何山看看表，已经是下午四点半，宋老一般下午四点开始练，最晚五点半结束。如果不堵车，一个小时就能到达宋老的四合院，正好。宋老是最喜欢赶巧的缘分的，看来苍天有眼，今天应该很顺利。

　　于是何山招呼贾老师和严芳芳立即动身，想赶在下午五点半，宋老打完拳之前赶到。

　　那边贾老师在何山打电话的时候已经远程启动了车子，等他们上车的时候，空调已经开了几分钟，何山对贾老师的细心暗自赞赏不已。

这是一辆七座的高级商务车，严芳芳调侃道："看来贾老师你们福利不错啊，这么宽敞明亮的商务车，开着上下班有点儿浪费吧？"

贾老师苦笑道："看来，严博士是高看我们教师这个职业了。这是江楠公司的业务用车，我也就最近才有机会开开，技术还不太熟练，您可要把安全带系好啊。"

严芳芳吐了一下舌头，赶紧把安全带的扣子扣好，再也不敢跟司机贫嘴了。

贾老师见严芳芳不说话了，就打开了车载音乐，一首英文歌充满了整个车厢。何山听着旋律就知道，这是加拿大环保音乐家马修·连恩的《布列瑟农》，这是一首诉说乡愁的歌曲，悠扬的旋律让坐在后排的何山闭上眼睛若有所思。

途中要经过一条长达六公里的海底隧道，何山喜欢穿越这条隧道的感觉，给人一种穿越时空的错觉。然而，这次何山的感觉明显不一样，以往即使遇到堵车，最多半小时就过去了，但这次时间仿佛静止了，他们一直没有走出隧道。

等何山睁开眼睛的时候，才发现整个隧道内一辆车也没有，再看司机和副驾驶的座位，也空无一人。何山正要喊严芳芳的名字，隧道内的灯突然由近及远依次灭了，刹那间何山被无尽的黑暗吞没。

那种黑暗不仅仅是颜色上给人带来压抑感，更像是让你置身一种浓厚的黑雾之中，奇怪的是黑雾并没有流动，就那么静静地散在四周。更要命的是，黑雾是看不见的，但何山的每一个毛孔都能感受到它的存在。

窒息，令人压抑的窒息，仿佛一双无形的手卡着何山的脖子，让他喘不过气来。何山用尽力气想掰扯住脖子的"手"，可那里什么都没有。但是明明感觉有人在卡他脖子啊，而且手越来越多，何山觉得自己马上就要被掐死了。

他使劲挣扎着用脚去踢副驾驶的座位，同时在心里大喊："我尽力了，我不是故意的，我也希望你们都能活下来啊。"何山的眼泪流了下来，他觉得自己终于要死在那些死神从自己手中夺走生命的患者手里了。

他不再挣扎，开始了忏悔。他看到了这些年里那些生命最后的面孔，有被病魔折磨许久的老人，也有醉酒溺水的中年男子，还有被惨烈的交通事故带走的孩子……

"我对不起你们，把我带走吧。"何山泪流满面地说。

一个熟悉的声音传来："你以为你是谁？你是判官吗？"黑暗中车灯开了，宋老站在车头不远处，拿着一个雪白的笔记本在质问他。

"我，我，我不是，不是啊。"何山结巴着说。

"那你记录这些亡魂做什么？他们都走了，你还打扰他们？"严芳芳不知道从哪里冒了出来，只见她脸色煞白，穿了一身白衣裙，浓黑的披肩长发垂在胸前，让人不寒而栗。

宋老厉声喝道："何山，你违背了生死平衡的规律，难道你要背负他们的命运吗？这些东西不是你能承受的，烧了吧，烧了吧，烧了吧……"

这时候，贾老师从黑暗中走了出来，手里捧着一个陶瓷大火盆，里面是燃烧着的纸片。

何山仔细看向火盆，突然发现里面有江楠的照片。他奋不顾身地冲上去，抓起江楠已经被烧去一角的照片，拍灭上面的火星，喃喃自语道："不行，不行，她没死！她还有救，她还有救……"

何山拿着照片双手挥舞着，突然碰到了车窗玻璃，一阵撕心的疼痛从指间传来。同时还有严芳芳急切的呼喊："老何，老何，你怎么了？"

何山使劲睁开眼，看到贾老师把车停到了路边，严芳芳拿着纸巾在给自己擦着满脸的冷汗。

何山接过纸巾，擦了擦额头，才发现这是一场梦。

"过隧道了吗？"何山心有余悸地问。

"还没有呢，今天有点儿堵车。"贾老师说，"不过前面已经在动了，应该很快就能过去。"

"嗯，我们走吧，过隧道去。贾老师，麻烦你把音乐关了吧。"何山有气无力地说。

隧道的灯光呼啸而过，拉成了一条光带，从何山眼前飘过。不到十分钟，隧道就过去了，没有黑暗，没有惊险。看着隧道口重新出现的阳光，何山感到是那么的亲切！

他决定回来以后，一定要把那个笔记本烧掉。

……

让人意外的是，宋老今天没有打太极拳，他们扑了个空。太极拳馆的接待桃子丫头说："宋老今天去月桂山找师兄采药了，今天不一定回得来。"

何山有点儿沮丧，但严芳芳突然兴奋地跳着叫起来："不如，我们也去月桂山吧，我们可以去山上找宋老啊。"何山看了看贾老师，贾老师点了点头。何山考虑了一下，觉得这个主意也不错。

临行时，桃子说宋老留了东西给何山，说着把一个长条的锦盒交给了何山。

严芳芳眼疾手快，何山还没反应过来，她已经拿过锦盒打开了。当她看到里面的东西后，说道："是宋老用金笔抄写的心经。老何，你可要收好啊。"严芳芳小心翼翼地把心经放回锦盒，双手递给了何山。

等到严芳芳家里取了帐篷，何山给秦梅打电话说明了情况，一行三人便开车往月桂山方向疾驰而去。

返程依然要路过孔雀岭隧道，眼看要到隧道口的时候，前面两辆车发生了追尾。后车是一辆路虎越野，司机看起来不是个善茬儿，一直在叫嚣着。何山见状就问贾老师能不能掉头换条路走。

贾老师掉头的时候，何山近距离看了那辆路虎车，他突然觉得有点儿熟悉，可一时又想不起什么。当导航的提示音响起福安路的时候，何山警觉起来，瞬间血液开始往上涌，脑门上的冷汗又开始冒了出来。

福安路的尽头是一条丁字路口，往左是当地规模最大的北静园公墓，往右是去往月桂山的盘山路。北静园公墓对何山来说，是一个绕不过去的心坎儿，他每年都要在七月初九这天来北静园看望三个长眠在此的人，准确地说，是看望两个，然后唾弃一个。

今年已经是第十一个年头，他和秦梅约定这是最后一次，到了那天他们会正式在这里作一个告别仪式，开启全新的生活。为了那一天的仪式，他提前半年就开始准备了。

何山看了看手表上的日历，今天是七月七日，阴历五月二十四。还不到日子……

妇幼保健院的病房里，秦梅正在设法打开江楠的心扉，但这好像并不容易。江楠现在完全像变了个人，沉默、木然，好像这个世界上的一切都与她无关。

秦梅拉着江楠的手说："江楠啊，到了我们这个年纪，还有什么迈不过去的坎儿呢？你看老何的变化，这些年也是很大的，当初多亏了你，我们才结识了宋老，在他老人家的启发引导下，老何才逐渐走出阴影。现在，他跟天天相处得也很融洽。所以说，这人生一世，没有什么是不可改变的，尽管这很难，但我们还是要去努力，去争取。"

见江楠没什么反应，秦梅决定打苦情牌，她接着说："其实老何也是苦命的人呐，小时候家里穷，吃不饱穿不暖，好不容易考上大学做了医生，又想着帮衬家里，把老家的表婶儿带到医院做护工。谁知道，这就引发了一场灾难。"秦梅说到这里，眼泪已经止不住掉了下来。

江楠听了还是面无表情，但她随手递了几张纸巾给秦梅。

秦梅略感惊讶后继续说道："老何那时候有个女儿，才七岁啊。就那么丢了……"

"丢了？怎么丢的？"江楠开始接话，且显露出记者刨根问底的职业习惯。

"唉，老何的前妻也是一个医生，不过是妇产科。孩子的姥姥平常接送孩子上下学，但那天，老人出门崴了脚，就给老何打电话，让他去接孩子。当天，老何和他前妻医院里都有任务，当时老何被借调到法医鉴定中心，那天有个重要的伤害案需要做鉴定。而老何的前妻当天排了好几个生产手术，所以老何就让表婶儿去接孩子放学。结果……"

江楠着急地问："没接到？"

秦梅说："接到了，但是，表婶儿等红灯的时候被一辆摩托车撞了一下，孩子被陌生人以送医院就医为名抱走了，从此杳无音信。老何的表婶儿也因此落下了心病，第二年就带着遗憾和内疚走了。这线索一断，寻找的希望好像就更加渺茫了。"

"表婶儿就没有留下什么线索？"江楠追问道。

秦梅回答道："线索倒是有一个，表婶儿当时被撞倒在地，吓得够呛，生怕把孩子撞坏了。抱走孩子的是一个中年妇女，个子不高，四十岁左右，穿一身大红连衣裙。抱孩子的时候，表婶儿看到她右手小拇指没有指甲盖儿，好像是少了一截儿。"

"警察没有找到人？按理说这是个重要的线索呢。"江楠继续追问道。

"那时候也没有什么监控，只能排查，查了几个月，没有结果，后来就搁置了，一直到现在还没有找到。"秦梅伤心地说，"孩子的丢失，让姥姥很自责、悲痛欲绝，之后姥姥就回老家了，听说已经不在人世了。老何和前妻一直过不了这个坎儿，最后离婚了。"

"杀千刀的人贩子，可恶！不得好死！"江楠狠狠地骂着，递给秦梅几张纸巾。

秦梅擦干眼泪，感慨道："是啊，哪个孩子不是父母的心头肉？人世间最悲惨的莫过于骨肉相离啊，而且是好好的，被人为地破坏了幸福的生活。"

江楠的眼泪也掉下来了，她想到了自己的孩子，一想到自己不能陪着他们长大，她哭得泣不成声。那一刻，她决定把自己的秘密告诉秦梅。

"梅姐，我告诉你吧，我，我的时间可能不多了。"

"傻丫头，你说啥呢？"秦梅惊愕道，但她心里也猜想到了七八分。

江楠哭着说："老贾有了儿子以后，一心想要个女儿，努力了好多次，好不容易有了，因为压力大没保住，当时我觉得自己好没用啊，婚姻和事业，简直就是鱼和熊掌不可兼得。为此，我没少和老贾吵架，一度到了要离婚的地步。好在，最后又怀上了。"

"这不挺好的嘛。"秦梅不解地说。

"当时公司业务刚有起色，我又生过大宝，所以就忽略了孕检，到了七八个月的时候，诊断出了麻烦。"江楠满脸愧疚，但她还是小声地把那三个字从牙缝里挤了出来："乳腺癌。"

江楠深吸一口气后，继续说："如果保守治疗，需要引流，但我这种情况，很可能这辈子就怀不上了。当时我很痛苦，每天摸着肚子，陷入深深的纠结。最后，我决定将孩子生下来，然后再解决我的问题。只是，现在应该已经来不及了。"

"傻孩子！这些东西哪是你说行不行的？人的身体，跟精神是一体的，你越坚强，身体也更加健康。你不放弃，身体就跟你一起抗争到底；你要是消极放弃，基本就完了。都啥时候了，你还有心思胡思乱想，我真想揍你一顿！"秦梅生气地说，"我现在就安排你做全面深入的检查。真是胡闹。"

江楠举起自己肿得像馒头一样的脚，立刻被秦梅怼了回去："不影响！"

在秦梅准备开单子的时候，电话响了。严芳芳说："梅姐，不好了，何山出事了，现在人在北静园。"

"啪"的一声手机掉在了地上，秦梅倚着门瘫软了下去。

江楠见状大叫医生护士，自己也挣扎着拄了拐，跳到门口把秦梅扶起来。

秦梅被医生掐住人中，刚刚清醒过来就大叫："救护车，快去救老何，在——在，在北——北静园。"说完又昏了过去。

严芳芳直接把求救电话打给了医院，院长立刻安排了一辆救护车准备出发。

在车子发动准备出门的时候，清醒过来的秦梅非要跟着一同前往，后面还跟着挂着拐杖的江楠。院长急急地说："都什么时候了，你们还胡闹。"

秦梅哀求道："院长，您就让我去吧，我知道情况。老何有心病，这个只有我清楚啊。"

院长无奈，摆摆手又叫了一辆出租车，跟在救护车后，直奔北静园。

路上，江楠得空采访了秦梅，翻起了一场当年轰动一时的旧案。了解了事情原委的江楠，脸色逐渐凝重起来。

十一年前，本市发生了一场由校园欺凌事件引发的惨案，造成一对父女命丧黄泉。小女孩名叫小丽，家境贫寒，学习非常刻苦，被老师看作是保送重点初中的好苗子。小丽的父亲是一名下岗工人，由于没什么文化和技术，在一家银行做保安。

木秀于林风必摧之，小丽的优秀和老师的表扬，让某些同龄人羡慕嫉妒恨，因此经常借故欺负她。为首的是当地药厂的"千金"，仗着家里有钱，在学校飞扬跋扈，经常惹是生非。

那天，小丽的作文又被老师当作范文在全班朗读，富家千金气不过，课间休息时就把小丽堵在楼梯口，推搡之中，小丽从三楼跌落至二楼，血流满面。

当时，何山被借调到法医鉴定中心工作，急救车把小丽送过去的时候，何山的女儿还没有丢失，何山像看到自己的女儿一样心疼得不得了。

根据何山的经验，小丽面部肿胀的伤情应该构成了面部骨折，至少是鼻骨骨折。然而片子显示没有任何骨折，只是皮外伤，片子是何山的大学同学范小博亲自送过来的。

何山暗中提醒小丽的父亲，再去别的医院拍个片子确诊一下，并且给了他拍片子的费用。结果显示小丽面部多处骨折，尤其是鼻骨断裂，这在法医鉴定方面已经构成轻伤，需要追究施害方的刑事责任。

然而，当何山拿着诊断结果找同学和领导反映情况的时候，被一口回绝。

当时的何山刚刚大学毕业，正是嫉恶如仇的时候，他一时气愤决定辞职。正当他准备办理手续的时候，范小博在单位门口闯红灯时被一辆路虎越野车撞倒在地，当时何山也被叫过去参加抢救。范小博弥留之际告诉何山，他和单位领导都收了昧心钱，所以出具了假的鉴定结果。

他收了三万块，这些钱一分也没敢花，都锁在宿舍的衣柜里。里面还有给小丽的一封信，他嘱咐何山一定要把信和钱都交给小丽，说完范小博就咽了气。

当何山将信和钱交给小丽父亲的时候，没想到小丽父亲去了大老板的工厂讨说法。那天到底发生了什么，谁也不知道，只知道小丽的父亲从六楼跳下，警方认定为自杀。

一周后，小丽趁着夜色翻墙进入工厂，从父亲跳楼的地方纵身一跃，终结了自己年轻的生命。

此案当时轰动一时，那时江楠还在读大学，老师也讲过这个新闻报道。当秦梅告诉她这一切的时候，她也开始担心起何山来。她和秦梅一路心急如焚，恨不得能插上翅膀，赶快飞到北静园。

跟最好的自己，

称兄道弟

两个小时前。

何山坐在车里闭目沉思，他告诉自己只是路过北静园而已。

可天有不测风云，就在北静园丁字路口右转的时候，贾老师的车被后面的一辆越野车追尾了。

"砰"的一声，贾老师来了个急刹车，严芳芳吓得尖叫起来。

两车碰撞得比较严重，让何山意外的是，后车又是一辆路虎。当年撞死范小博的，就是这样的一辆路虎！外观颜色、型号简直一模一样。何山的心仿佛被揪了一下，他觉得今天发生的一切都不太寻常。隧道里的噩梦，两辆路虎的追尾事故，一切的一切，都仿佛在暗示些什么。

鬼使神差地，他决定上山祭拜一下小丽。何山对贾老师和严芳芳说："你们在这里等交警和保险员吧，我上去看看，有个老朋友长眠于此。你们结束了，给我打电话，不会超过半小时。"

"老何，我陪你一起去吧，你看这天阴沉得厉害，马上就要下雨了，两个人过去，也好有个照应。"严芳芳说着从车里拿出两把伞。

"你把伞给我就行了，我想跟老朋友说说话。"何山接过雨伞，头也不回地上了山，剩下严芳芳和贾老师原地等待。

何山拖着沉重的脚步沿着青石板路蜿蜒而上，头顶的乌云开始堆积，一场倾盆大雨眼看就要到来。何山顾不得这些，加快了上山的脚步。

山路没有任何变化，何山轻车熟路地找到了小丽和她父亲的墓地。走到近处，他看见小丽墓碑前放置了一个崭新的穿着红裙子的布娃娃，还有两盆开着小花的山野兰，显然有人刚刚来过这里。

何山抬起头，远望四周，空无一人。纳闷之际，脑海中浮现出一个红衣女子的身影，再抬头看时，果然见这排道路的尽头，百米开外的地方，一个穿红裙的女子正在看着他。何山使劲闭上眼睛摇了摇头，再睁眼看时，并没有半点儿红衣人的影子。

"幻觉，一定是幻觉。"何山对自己说。

在小丽墓地呆站了一会儿后，何山绕行到了墓地的另一侧，那是范小博的墓地。

"混蛋，我来看你了。"何山对着墓碑上空白的照片说，"你小子犯的杀千刀的罪过，现在要我来受这百般的折磨了……"

范小博的后事也是何山张罗，遵照他的遗愿，墓碑上的照片反着贴，背面朝外，一片空白，范小博说自己无颜面对这一切。

何山一一满足了他。但每次过来，他依旧要责骂范小博一番。

"你个王八蛋，你就那么缺钱吗？你缺钱可以找我们借啊，你借我的两万块钱，找你要了吗？你为什么要昧着良心做这种事啊？"何山想起小丽，忍不住泪流满面。

"我们都知道，你是个孤儿，你没有安全感，你要拼命努力，你要证明自己，你想在这个城市立足。可是你知不知道，证明自己并不是用金钱和房子来评判的啊。"何山想起当年范小博省吃俭用的样子，心里禁不住更加悲伤起来。

一个人真正的安全感不是来自物质和金钱，而是来自内心的平静和充盈。

他们读大学的时候，范小博吃不起好饭菜，就专门去盛免费的稀粥，一袋儿咸菜吃上好几天。大一那会儿，他皮包骨头，每次都是宿舍的室友接济他，多点几个菜，说是吃不完，都扒拉到他的盘子里。

"混蛋，你不是说，将来毕业了一定要报答我们的吗？现在，你拿什么报答，你还没有报答，怎么就挂了呢？"何山哭着说，"我还没报答你的救命之恩呢，你就走了，真不是个东西啊。"

想到这里，何山捶胸顿足。

有一年夏天，他们结伴去海边游泳，何山为了在女同学，尤其是暗恋的女神面前显摆自己的游泳水平，一意孤行地向深海游去，结果被废弃的渔网缠住，差点淹死在海里。是范小博奋不顾身地潜下水去，硬是用牙齿咬断了渔网把何山拖上了岸。范小博的脸上、手上被划了好几道口子，嘴巴也被渔网挂破了。

何山还记得，当时范小博还跟他开玩笑："我脸上本来就有一块难看的胎记，现在又破了相，将来要是找不到媳妇儿，何山你可得负责啊。"

接下来的日子，他们更是情同手足，一起上解剖课，一起去医院实习。

如果不是出了小丽这件事，范小博应该已经买了房，娶了媳妇儿，孩子也应该有十来岁了吧！

想起孩子，何山忍不住又想起了自己的女儿果果。

"爸爸，爸爸，我长大了也要当医生，这样我就可以给小伙伴们打针了，他们就会害怕我，哈哈。"女儿天真地告诉何山。何山轻轻地捏了一下她的小脸蛋说："小傻瓜，打针的那是护士阿姨，医生是救死扶伤、治病救人的。"

"那我也要救人，妈妈说救人一命，胜过盖七层大高楼。"果果一边认真地说着，一边用双手比画着高楼的样子，何山被逗得哈哈大笑。

想到这里，何山又流着泪笑了，但更多的心酸又爬上心头。"果果啊，你现在在哪里啊？你过得好不好啊？爸爸好想你啊……"

何山一时悲从中来，情绪渐渐失控。他突然想起那个拐走自己女儿的红衣女子，将其跟今天恍惚中看到的那个红衣人联想到了一起。他回过身来，去看小丽的照片以及墓碑前的布娃娃，他发现都是同样的红色连衣裙。

"天哪，难道，果果的失踪和小丽有什么关系？"他越想越怕，越怕越紧张，越紧张越激动，最后情绪开始失控。他开始用脚踢打范小博的墓碑，嘴里恶狠狠地骂着："都是你！你害死了小丽！你害得我丢了果果！我要找你算账，我做鬼都不会放过你的。"

何山踢了几脚觉得不过瘾，突然用头撞向范小博的墓碑。顿时，他的头部血流如注，一下子昏倒在地。

下雨了，细雨变成了暴雨，雨水流过何山的脸颊，混合着血水逐渐渗入地下。

空旷的公墓里，除了倒地的何山，再也看不到一个人。何山的手机响了无数遍，那是严芳芳打来的，但一直无人接听。

严芳芳和贾老师在狂风暴雨中上山寻找何山，但是漫山遍野的墓碑，眼看又要天黑了，哪里有何山的影子啊。严芳芳急哭了，贾老师提醒她给秦梅打个电话，也许她有什么办法。

……

救护车闪着警灯呼啸而过，秦梅和江楠心急如焚。秦梅给严芳芳打电话，让她和贾老师在门口等。刚一见面，秦梅连伞都来不及打就跳下了车，严芳芳也浑身被雨浇透了，再加上闪着警灯的救护车，这场景惊呆了公墓的保安。贾老师赶紧上前说明了情况，保安打开了电动门，救护车直接上山，在一片片墓地中寻找着何山的踪迹。

雨水模糊了大家的视线，秦梅好不容易找到了范小博的墓地，发现何山在旁边早已不省人事，额头的伤口在雨水的洗刷下，清晰可见。

……

月桂山上，大雨倾盆。

山顶的一处简易院落内，有三间仿古的旧砖瓦房，宋老和师兄安如海正在房内整理当天采摘的药材。

在整理药材的时候，宋老突然被当归根茎里隐藏的一粒褐色小石片划伤了手，这对采药人来说，是家常便饭，宋老自然也没放在心上。但奇怪的是，半小时过去了，伤口还没止住血，宋老仔细看了看伤口，又觉得不像是石片划伤的。海师兄过来仔细查看了一番，又到地上想找那个小石片儿，可找了半天也不见踪影。

海帅兄突然拍着脑门叫道："师弟，你这是被毒虫咬了，得去医院。"

说完海师兄就给急救中心打电话。

……

医院里，大家都到齐了。经过仔细的诊断，好在都无大碍。一天里发生这么多的变故，也让宋老感到吃惊。

"早知道，我今天就不出门采药了。可能也就不会发生这么多的事情了。"宋老苦笑着说。

陪同的安如海接过话说："那可不一定，这该来的总是要来，可能只是爆发的形式不同而已，这不大家伙儿都聚齐了吗？我看倒也是缘分一场，我相信，问题都会得到很好的解决。"

……

经过认真细致的检查，江楠的癌细胞并没有扩散，现在经过手术和靶向治疗完全可以把癌细胞和病灶连根拔除。江楠要做的，就是要爱惜自己的身体，把它当成并肩作战的好闺蜜、亲兄弟般去呵护，团结一致，取得最终的胜利。

何山的问题比较严重，他的重点不在外伤，而是心病。好在江楠的问题解决了，对何山也是一种安慰和鼓励。大家决定七月初九那天，陪何山做一次告别小丽的仪式，同时帮他剔除脑海中所有臆想的情节。

转眼到了七月初九，众人在北静园公墓的兰花厅为小丽父女和范小博做了一场特殊的"告别"仪式。

不过更有意义的是，江楠和何山也对过往的那个不安分的"自己"做了一个告别。何山拿出了自己记录的"生死簿"，在一个火盆儿里将其化为灰烬。那一刻，何山的内心转化完成。

宋老最后总结说："我们每个人来到这个世界，都不可能一帆风顺，我们会遇到各种人生的不如意，甚至陷阱、背叛，乃至生理的疾病。但所有的问题都抵不过我们坚强的精神力量。人，最重要的是精神上的崛起，当我们真正站立起来，俯视一切艰难险阻，就会发现没有什么过不去的坎儿，没有什么战胜不了的'敌人'。"

何山表示，自己的人生坎坷起伏，由于职业的特殊性，比别人更多地近距离接触了"生死"，这需要足够强大的内心，才能保持这种平衡。那次火灾事故，自己一直无法坦然面对，直到遇见宋老，在他的启发和帮助下，才逐渐从阴影中走出来。还要感谢自己的妻子秦梅、同事严芳芳，以及"同病相怜"的江楠，最重要的是感谢宋老的不离不弃。在接下来的日子里，他一定要和最好的自己称兄道弟，坦然相处、共同进步。

江楠早已泪流满面，她说自己曾经跟何山主任一起经历了那场大爆炸，事后就辞去了记者的工作。在经商的过程中发现了自己的脆弱，但是在爱人的呵护下，始终维系着感情和事业的平衡。在自己身体抱恙、心灵迷失、最为艰难的时刻，何山主任以及在场的所有人都伸出了援助之手，让她获得了新生。她也要像何山主任一样，爱自己、爱家人，跟最好的自己并肩战斗、勇往直前……

生活中总有不如意，哪怕倒霉透顶，在最终答案到来之前，放宽心、坚持住，一切都是最好的安排。

转眼间，深秋来了，到处是硕果累累的景象。何山和江楠的生活也逐渐步入了正轨。

要不你在幸福中跳舞，

要不你在痛苦中挣扎，

你的人生由你去创造。

第三章

父母：

困在原生态家庭里

错位，

必然冲突

急诊科门外，逼仄的走廊通道被患者挤得水泄不通，密不透风的门口，一个小女孩的脑袋从人群中探出，她一边张望着，一边故意扯着嗓门大喊："医生，医生，我妈逼着我来看病，你瞧，我啥事儿也没有！"

急诊科人们的焦虑情绪被这一句张扬的话打破，话音刚落，旁边等待看病的人们，眼光齐刷刷地聚集在这个不到十七岁的孩子身上。只见她扬起眉毛，一副不屑一顾的样子，身边站着的妈妈显得有些气急败坏，看着女儿出言不逊，却无可奈何。

正在给患者写医嘱开药单的何山抬起头，眼前这对母女，互相对视的眼神里带着熊熊燃烧的火焰。他摘下眼镜，用不容置喙的语气对她们说："如果不赶时间的话，中午十二点后在走廊那边的办公室门口等我。"母女俩面面相觑，被何山听起来轻描淡写却不怒自威的话震慑住了，乖乖退出诊室。

中午时分，患者们渐渐褪去散尽，何山耸了耸酸麻的肩膀，从诊室出来后径直走向医生办公室。室外，母女俩不知为何事喋喋不休地争吵着，一些路过的护士不解地转身侧目。何山叹了口气，快步朝她们走去。

坐在她们面前，何山仍能感觉到母女间剑拔弩张的气场。这位母亲阿兰，是一位怀揣艺术梦想的话剧演员，平日生活中，她的关注重心都在女儿冰冰身上，孩子的生活起居、学习娱乐、交友出行等事无巨细都要密切跟进。冰冰从小是个懂事贴心的孩子，开始很感恩妈妈为她这么用心的付出。然而，时间久了，冰冰渐渐厌烦，性格也变得桀骜不驯，待人接物嚣张跋扈。她感觉自己像一只被囚禁已久的鸟儿，在笼子里待久了都忘了自己还有翅膀，内心堆满了委屈、愤恨。冰冰的爸爸是一家超市的理货员，在家里像一个透明人。他对家里的事置若罔闻，回到家吃完饭就窝在沙发上玩手机、玩游戏，家对于他而言就像一个住所，不需要温情互动。

在许多亲朋好友、邻居街坊眼里，这对夫妻一个优雅知性，一个粗鄙油腻，任谁都会觉得两个人不般配。实际上，在夫妻俩的心里，也认为彼此不般配。表面和谐的家庭关系下，藏着澎湃的暗涌。

何山在她们你一句我一句的叙述中，大致摸清了情况。冰冰喜欢上了一个比她大十几岁的男人。因为觉得自己的爸爸软弱无能，她就从外面那些比自己大且成功的男人身上找寻弥补。

为此，母女之间激烈争吵，冰冰一气之下拿起水果刀，眼也不眨地狠狠往自己手臂上划，一刀一刀地划开了好几条触目惊心的血口子。锋利的刀刃在皮肤上掠过，汩汩的鲜红血液止不住地一滴滴落下，如同她本就脆弱的心。阿兰瞬间被撞击得支离破碎，她惊呆了，她没想到，孩子居然用这种决绝残酷的方式伤害自己。她已经习惯了用管制的方式与孩子沟通，每次都是反复消磨对方的意志，直到对方妥协为止。那是一场场她与孩子间没有硝烟的战争，阿兰拼尽全力让孩子屈服自己，来换取些许内心的安定，而孩子却不惜一切代价顽抗，争取自由和平等。

冰冰的伤口已在家做了简单的处理，何山让值班的护士帮忙拆开纱布清理伤口，消毒上药后，已无大碍。何山整理了一下思路，心平气和地对冰冰说："孩子，我理解你心里的苦楚，你可以告诉妈妈你心里的想法，但不能用这种方式伤害自己。你的人生是属于你自己的，我们都一样，都想要把人生攥在自己的手心里，但也得为自己的行为承担后果。我们需要学会用正确的方式面对和处理我们的家庭关系，对立的方式无法解决问题，要学着换位思考、好好沟通……

"来，我给你一个'心理按钮'，当你遇到困惑或者烦恼的时候，就轻轻地按一下。想象一下，自己的内心有一面镜子，镜子里浮现出你和你的爸爸妈妈。你会在镜子里看到，你们一家人幸福相拥的瞬间，妈妈和你吵完架后背着你偷偷一个人后悔哭泣，爸爸在深夜的街头一个人漫无目的地孤独行走……妈妈，呼喊着爸爸，这个家不能没有你，孩子不能没有爸爸，爸爸转向妈妈，爸爸回家了。你忽然意识到爸爸不再是以前那个软弱自私的男人，而是一个具有强大包容心的男人……

"只要你多想多看，那些藏在生活细枝末节中的真相，可以完整呈现。纠缠可以化解、禁制可以解除、爱可以流动、蜕变可以发生、未来可以清晰生动……幸福其实真的可以自动生长。"何山继续说道。

冰冰垂下头，偷偷看了一眼身旁的妈妈。阿兰局促不安地看着何山，眼里浮着泪光，看得出来，她也陷入了自我的反省与内心的焦灼悔恨中。

"沉默着走了有多遥远，抬起头蓦然间才发现，一直倒退倒退到原点，倔强坚持对抗时间。说好了的永远断了线，期许了不变的却都已改变，紧闭双眼才能看得见，那些曾经温暖鲜艳过的画面，渐渐地忘记赶不上明天……"窗外的小商店，正播放着《忘记时间》那首歌。

冰冰猛地抬起头来，用坚定的眼神看着何山说："从小到大，我从未真正体验过这个家里真心的爱、支持、和谐、理解，每次和妈妈对抗的时候，我的内心其实住着另一个'我'，两个'我'在不停地掐架。我常常陷入这种模式，从没减弱过，只是后来我慢慢地可以不带情绪去表达，而在做到不带情绪之前我通常充满情绪，更多地感到不耐烦、委屈，以及无意识的自我防护。还有，我妈妈看不起我爸爸，我的内心找不到那个有力量的爸爸，我也渴望父爱如山。"

何山顺着冰冰的话，引导她说："你无法期待他人成为你渴望他们成为的样子，但是你可以期待自己成为那个真正想成为的自己。在自己身上做功课，是最值得的投入、最直接的耕耘，也只有这里才会有最丰硕的收获。"

侧过身来，何山面向阿兰问道："女儿的心里话你都听见了吗？你有什么新的感悟？"

阿兰欲言又止，咬着嘴唇眼神闪烁、飘移不定。终于，她将将额头上的碎发，慢慢地说出了自己小时候的经历。原来，阿兰小时候父母感情不好，父亲常常不在家，妈妈就把"你不听话我也不要你了"放在嘴边。她早早就自立、结婚，为的是不给父母增加负担，完全没有意识到在这过程中，自己的家庭关系是错位的。她从小就暗暗在心里打定主意，以后有了自己的孩子后，一定全身心投入对待孩子，倾其所有，将孩子视作生命中最重要的部分。

何山直截了当地追问道："这么多年，你有没有反思过自己在原生家庭里最希望得到什么？最在意什么？"

阿兰一字一顿地回答："爸爸的缺位让妈妈非常孤独，如果我不能给妈妈依靠，她会更痛苦，而妈妈痛苦又会将自己孤独地遗弃在这个世界上。这么久以来，我就是在代替爸爸的角色跟妈妈相处，我的使命是让妈妈快乐起来。我开始变得像个男子一样强势，我把这种强势理解为坚强，我也不知道这种理解对不对。总之，只有这样我妈妈才有一种莫名的开心。"

当阿兰的家庭状况通过她自己的反思真实地展现出来时，她的强势以及在家庭中扮演丈夫的角色，使她意识到自己一直活在原生态爸爸的位置，生活中对老公的态度让对方产生低价值感，老公也会自我攻击，或者去对抗以免受辱。潜意识的呈现和开悟让阿兰惊讶不已。回归吧，该回到自己的家庭了。

何山想起一句话："信念就是你的范畴，你永远没有办法活出你想象以外的世界。"

无形中，阿兰伤害着孩子和丈夫，这种来自原生家庭惯性的驱动力在无意识地控制着她，走向畸形的那端，走向和谐生活的对立面，造成了今天的局面。

在与何山的对话中，阿兰看清了自己的原生家庭模式：家庭的错位使得她的父母并没有把她当成一个孩子，反而认为一切都是理所当然的。她也认为自己就是该在家庭中多承担，没有意识到自己只是个孩子，反而强行去填补父亲缺失的责任，将自己推向了另一个边缘。

其实，人之所以无法改变，是因为自己下了"不改变"的决心。

冰冰在母子冲突时，选择了伤害自己身体的方式，看似在惩罚自己，实则在惩罚妈妈。看着妈妈痛苦紧张的神情，冰冰内心有种报复式的快感，这种快感让她有了畸形的快乐与解脱。而妈妈这一边，受原生家庭经历的影响，努力想要代替爸爸的角色，并没有进入自己的人生，享受自己现有家庭带来的幸福感。其实，许多人穷其一生，都是在弥补内心缺憾的部分。阿兰即使拥有了自己的家庭，她在心灵深处还是依赖过去自己的原生家庭。明明深爱孩子却不给空间，丈夫在她的生命里亦等同于缺位。

何山不禁陷入沉思，很多孩子和阿兰一样，不知不觉地在为父母而活，扮演着父母关系的黏合剂，甚至是支撑家庭运转下去最大的动力。他们不仅自己活得沉重，还侵占了父母的位置，成年后又将这种错位带入自己的家庭，衍生出各种问题。有这样一种原生态家庭模型，母亲强势爸爸软弱无力，女儿通常会站在爸爸的位置对抗妈妈，抑或找一个有力量的、能给自己安全感的、年龄比自己大的男人作伴侣，婚姻中有父亲投射的影子；另一种模型是爸爸很强势母亲很软弱，甚至有家庭暴力。女儿通常在婚姻中变得强势，通过牺牲自己婚姻的方式，告诉妈妈我是怎样面对男人的。原生态家庭的平衡与和谐对于亲子关系非常重要。

美国著名"家庭治疗大师"萨提亚说过，一个人和他的原生家庭有着千丝万缕的联系，而这种联系有可能影响他的一生。在很多人的认知中，原生家庭的问题都是父母在伤害孩子，最终导致孩子畸形成长，成为一个人格不健全的人，无法在日后好好地生活，好好地组建自己的家庭。然而，实际上原生家庭的问题，不仅是单向的父母对孩子的伤害，还有孩子对父母的报复性伤害。冰冰和妈妈不间断的斗争，就是最明显的表现。

母女俩也很久没有像今天这样通透无碍地深入交流沟通了，何山看着冰冰满脸的泪水，以及不符合她年龄的早熟与沉重，心疼这个女孩子长期的压抑与隐忍。"往者不可谏，来者犹可追。"何山对阿兰说："你作为母亲，是时候去反思并拿出实际行动去化解原生家庭对自己生命历程的影响了，当你从原生家庭重新认识自己，在内心重新观察、触摸、体味这个世界，当你已经掌控了你的人生时，所有的恨意都会被冲淡。和自己和解、和父母和解、和过往和解，对一切关系说'Yes'，你将有机会与自己、与他人、与世界建立新的联结，让过去变成一本翻过的书。"

原生家庭埋下的"地雷"，是一个隐形炸弹，我们永远不会知道，它何时会在我们的生命中引来轰天巨响。有些人遭遇外人无法想象的苦难，一切根源都可以追溯至童年时代。原生家庭的悲剧，成为困扰一生的羁绊。

阿兰含泪望着女儿，冰冰再也抑制不住内心的情绪，抱着妈妈放声痛哭："妈妈，我其实很爱你，我也不愿意和你吵架。我知道你过得特别不容易，但是我恨自己，没有能力让家里变得更好……"冰冰哽咽着。两个人互相帮对方擦着眼泪，边哭边笑，不约而同地保证，以后相处要尊重对方，不再随便带着情绪说话，有意见不同的地方就平静下来好好商量。

看着这对母女手牵手走出医院大门时，何山倍感欣慰。阿兰那些灰暗的、一直以来被别人和自己没理解和接纳的、无从安放的感受，其实来自她的家庭，而且主要来自与父母的关系。原生家庭欠自己的——这种亏欠和缺口，需要余生用自己的力量去填补。

一人一世界，你内心是怎样的，看到的这个世界就是怎样的。不是努力地改变过去或者弥补过去的遗憾，而是勇敢地去创造未来。

不久后，何山收到了阿兰发给他的电子邮件。阿兰用轻快的口吻向何山汇报了近况，她写道：人不可能自欺欺人过一辈子，我们必须承认童年发生了不幸，承认原生家庭有它自己的局限性，承认我们对原生家庭的恨、爱、愤怒、羞愧、伤痛、挫败等情感，这是降低原生家庭对我们负面影响的第一步。同时，我们也要正视过去，聆听自己内心的声音……

"我们穷尽一生所追求的其实就在我们身边，只是我们不知道而已，所以爱的回归才显得那么神圣。"何山不禁感慨道。

宁静，如一束光让人的烦躁和尖锐变得平和，夕阳中云霞的形状也一会儿一个样，有时候像团团棉花，有时候像江面的波浪，它们变化得那样自然、那样迅速、那样瑰奇。这多像人生的沧海桑田啊！此岸，彼岸，连起来便是人生。何山坐在医院楼下小花园的平台上，静静地看着夕阳无声沉落，仿佛阅读着纷繁缤纷的种种人生。

夜幕初垂，街道灯火通明，前方的路很狭长，一直延伸到了远方。

看见，

被遗忘的优点

　　恢复急诊科主任的岗位工作已经两月有余了，何山在失而复得的生命历练过程中，体会到了人生的无常和悲喜轮回，也有了很多新的感悟。

　　周六何山轮休，他难得踏踏实实地睡到了天亮。最近科室的外科半夜接诊了十几例轻生的伤患，何山和同事处变不惊，配合默契，争分夺秒地和时间赛跑，全力救治患者。

　　前天夜里凌晨三点，一名三十多岁的患者在酒店被发现时已经意识不清，现场有空注射器一支，被酒店清扫房间的阿姨发现了。阿姨急呼 120 报警。现场医生发现患者呼吸心跳停止，双侧瞳孔散大固定，给予心肺复苏及基础生命支持后急送至市急诊科重症病区进一步治疗。在向家属交代病情、商讨紧急救治方案时，何山发现，家属们基本上都有同样的表现：捶胸顿足，痛哭不已，懊悔没有及时关注患者的心理状况，在他流露出抑郁或厌世情绪时，总是不以为然，错过了最好的疏导解困时机。

一直以来，在何山心里，治愈心灵的重要性不亚于救死扶伤。因此，在不分昼夜的急诊科工作中，何山也会在救治患者身体伤病的同时，观察他们和身边陪同人之间的交流。何山希望，能尽微薄之力，挽回更多背负着心灵重负，徘徊在精神崩溃边缘地带的人们。

......

许久没见到宋老了，何山决定趁着休息日去探望一下老人家，顺便向他汇报一下自己近来的点滴感悟和变化，探讨探讨自己内心的一些想法。步行到滨海公园的江边，没有车水马龙的喧嚣，没有人声鼎沸的嘈杂，也没有让人深感压抑的匆匆人群。清晨的江边，有的只是垂柳的迎风飘拂、枝头小鸟的婉转歌唱，以及江风中蕴含着的淡淡腥味。

一位老人的背影看起来十分熟悉，何山轻轻地唤了一声："宋老，许久未见，您还好吗？"宋老笑语盈盈地转身看着何山，点点头说："你家秦梅每天都向我讲述你的情况，我甚觉安慰，庆幸你终于走出了沼泽地。"

何山向宋老表明了自己的来意，两人悄声嘀咕了一阵后，就一起前往目的地。何山要带宋老去严芳芳的心灵成长中心。这家起名为"洞察"的心灵治愈工作室，在严芳芳和何山多日来的合力筹备下，终于开门迎客了。

何山和宋老推开成长中心的门，天蓝色的墙壁，淡绿色的天花板，扑面而来的柔和暖色调，随性放置的舒服椅子、柔软枕头，给人一种镇定和放松的感觉。严芳芳热情地迎上来跟宋老打招呼，之后玩笑般地对何山说："何主任，来视察工作吧，欢迎欢迎，我已做好接受检阅的准备了。今天我们中心刚好举办首场公益活动，来了一些孩子和家长，活动马上就开始了，你们也一起参加吧。"然后，带着他们走进了活动现场。

这是一个让人迎面就能感受到禅意和宁静的心灵疗愈练习室。窗外满是绿意的树荫，让人舍不得挪开视线。室内柔和的光线洒在木地板上，在这里安静地坐一小会儿，呼吸在不知不觉间变得悠长，心里亦透出澄澈，就像山涧的溪流缓缓流过石面。何山不禁在心里暗暗赞叹，这种安静的氛围，有着不动声色的力量。

参加活动的大人和孩子里三圈外三圈地围坐在一起，大家都十分自觉地保持肃静，静待活动开始。何山和宋老坐在最后面，不动声色地观察着参与者。主持人严芳芳拿着麦克风，用轻松欢快的语调，来了一段走心的开场白："今天我们的主题是'被遗忘的优点，你看见了吗？'，在场的小宝贝和爸爸妈妈们，让我们打开自己的内心，围绕'自信、阳光、健康、快乐'四方面，开启我们寻找优点的旅程吧。下面我们可以畅所欲言，聊聊自己的故事。"

"我先来吧。"一位中年妇女率先站了起来，她说她叫凌岭，简单介绍了家庭情况后噙着泪花向大家讲述了她家女儿寒寒的困惑。原来，正值九月开学季，刚度过轻松愉快的暑假时光，学生们就立即投入到了紧张的学习中。然而，寒寒并没有像其他同学一样端坐在教室认真上课，周五一大早她就在妈妈凌岭的陪同下去了市医院的临床心理科。刚见到寒寒，医生就注意到了她左手腕处明显的划痕，而凌岭在一旁着急地向医生诉说寒寒最近一些反常的行为，说着说着红了眼眶。

经过耐心的倾听和沟通，医生大致了解了情况：寒寒正在上初三，是一个性格内向的小姑娘，学习成绩在班里一直处于中等水平。为了寒寒能在中考时考入一所理想的高中，凌岭在寒寒的教育上可没少花心思。此外，她还经常狠狠地训斥寒寒："你看你有什么用？平时就一无是处了，现在连学习都不如别人，以后你可怎么办？"

凌岭不仅给寒寒报了好几个补习班，还请了老师在家一对一给寒寒补课。临近暑假结束的那一个多星期，凌岭发现原本内向的寒寒变得更加沉默寡言，也不愿意和父母交流。一开始父母也没在意，直到开学前的那个晚上，凌岭发现寒寒在书房用钥匙在左手腕上不停地划，划出了深深的血印……说到这，凌岭哭得肩膀止不住地颤抖。寒寒现在没法集中精力学习了，接下来的考试怎么办？孩子以后要怎么恢复正常状态，她心里没有谱。

　　"许多父母都容易犯这样的错误——看不到孩子本身的性格特点，看不到孩子的优势，只看到自己的需要，只想让孩子满足自己的需要，全然不顾孩子的感受。我们应该帮助孩子找寻自己的闪光点，让孩子都能了解自我、接纳自我，并进一步明白这样一个道理：无论自己学习好坏、顽皮与否，孩子总会有一些闪闪发光的优点。这些优点能发扬光大，健康的阳光就会照亮稚嫩的心灵。"严芳芳在白板上画了一个导图，向凌岭和其他家长详细地分析寒寒的情况。

　　下一个环节，严芳芳给现场的家长每人发了一张调查表。简洁的表格上只有一个问题——请你花一分钟的时间，写出你家孩子的十个优点。一分钟过去了，交上来的表格寥寥无几，底下不少家长交头接耳、窃窃私语。

　　严芳芳说："完成时间要求是一分钟，现在已经到时间了，你们在思考的过程中，遇到什么困难了呢？"一位爸爸忍不住抢话说："拿到调查表的那一刻，我就开始认真思考，这个我自认为最爱的孩子，我一时竟然找不到他的十个优点：帅气、活泼、可爱、爱干净、聪明……想了几个虚而又虚的答案后，我就实在想不出来了，甚至觉得改成写下孩子的十个缺点还比较容易。关于孩子的缺点，我想不用一分钟我就可以完成：脾气暴躁、容易生气、不好好吃饭、不好好睡觉、有时候对长辈不礼貌、不懂得谦让、不会和小朋友分享……"

　　他的话让大家哭笑不得，却也真实得让大家低头沉默。严芳芳微笑着说："好了，现在转换过来，让孩子们写下自己爸爸或妈妈的十个优点。"然后，转身给每个孩子发了表格。

很快，一双双小手举了起来，孩子们很快填完了表格，欢欢喜喜地交了上来。严芳芳翻阅了一下，看到一个个稚嫩的笔迹写满了空白的地方，"温柔""勤劳""力气大""厉害""好笑""能干""爱我""善良""美丽""坚强""勇敢"……还有个孩子写了一大段，尽诉妈妈对他的关心和疼爱："虽然在我考试没考好时，妈妈都会拿皮鞭揍我，但事后她都会哭，会向我道歉，给我涂药贴创可贴。我妈妈刀子嘴豆腐心，我知道其实她是最爱我的人。"严芳芳选读了这一段，现场的爸爸妈妈纷纷哽咽。

我们总觉得是生活中的经历影响了我们。其实，如果我们愿意去觉知，我们会知道，影响我们的更多是我们对事物的偏见。

而何山的心像是被狠狠撞击了一样，剧痛不已，他脑海里忽然浮现出女儿那张充满童真的小脸。"她现在也有十几岁了，她一定是一个聪明活泼、懂事乖巧的大姑娘。如果她现在也在这里，一定也能写出爸爸的十个优点。"何山眼含热泪地想着。

他还记得，那时候自己很忙，经常在医院加班，没有时间陪伴和顾及孩子的学习。每次参加完家长会，他都会拿着女儿亮红灯的成绩单对她发火，习惯性地用上司对下属的语气责备女儿。前妻更是有过之而无不及，她对孩子的期望很高，见不得孩子身上有一点儿缺点，还喜欢将自己的孩子与他人的比较，恨不得自己的孩子是一个完美儿童。而当现实和理想相差太远时，她会给孩子不断施加压力，使孩子变得寡言和缺乏自信。在外人面前，前妻还总当着女儿的面夸赞别人的孩子，絮絮叨叨地说着女儿如何不行，有哪些缺点，一旁的女儿假装在看书，眼泪早已忍不住吧嗒吧嗒往下落。

现在想来，自己的女儿在身边的时光多么珍贵，却一再忍受亲生父母的语言暴力，渐渐变得没有自信，不敢正视别人，回答老师的问话也总是支支吾吾犹豫不决。直到那天女儿被红衣女子带走，就这么彻底消失在那个夏天的午后，至此，她完全退出自己的生命。

想到这，何山忍不住泪雨滂沱，孩子啊孩子，现在的你如果还活在人间，能不能感受到爸爸这份迟来的悔意呢？

热烈的鼓掌声，让何山从回忆中回过神来。多年来的苦苦煎熬，原来从来没有真正抚平自己的愧疚和伤痛。如果可以，他愿意用余生换取时光重来，相依相伴，多去发现孩子的优点，用更多的包容心去接纳孩子。

接下来，严芳芳给大家讲了一个关于"完美的孩子"的故事，现场顿时安静了下来，大家都静静地听着、沉思着。

"很久以前，有两对夫妻，他们膝下都无子女。眼看年龄越来越大，两个妻子便商量着是不是去领养一个孩子比较好，起码可以为自己和丈夫养老送终。很快，两对夫妻开始去附近的几个村庄物色，看看哪个家庭愿意将孩子给他们领养。他们走了很多地方，有一天，在河边的小桥上他们看到一位年轻女子抱着嗷嗷待哺的婴儿，婴儿烦躁不安地转动着身体，手脚晃动不停，啼哭声不断。年轻女子说这孩子一天到晚都在哭，眼睛好像有点儿问题总是眯着睁不开，吃什么吐什么，村里的郎中也诊治不好。妻子萧萧觉得这个孩子挺符合自己设想的，她觉得没有孩子生出来就完美无缺。她对另一个妻子小王说这个孩子长得很可爱，是她想要的。小王则认为这个孩子有缺陷，她相信自己后面会遇到更好的。

"寨子里有个规矩：不管是新出生的孩子还是领养的孩子，等他们长到三岁的时候，就要到祠堂拜祖宗。掌管祠堂的太爷爷会根据孩子们的成长情况为他们祈福，保佑他们健康茁壮成长，也会对养育他们的父母做出教导。另外，孩子和家长还可以领到一笔赏金。所以，养育孩子在族人们心中是头等大事。

"小王和丈夫继续往前走，他们寻寻觅觅快一年了还是无果，只好无功折返。几年后，当小王再次见到萧萧收养的那个孩子后，忍不住感叹道：'这孩子长得真是漂亮可爱啊，特别是那一双清澈透亮的大眼睛！'她开始追问萧萧是怎样把这个孩子养得这样好的。

"萧萧沉思了一下，对小王说：'这孩子被我抱回家后，在我眼里，她就是世上最好的孩子，我相信她会变得如我期望的那样美好。我精心地喂养她，尽心尽力地照料她，她不再哭啼不断，变得越来越活泼健康，眼睛也越来越好……"

严芳芳用心地讲着故事，语调也随着情节的变化而不断变换着。故事里的萧萧带着欣赏去爱孩子，去照顾孩子，所以孩子能够健康茁壮成长，且变得日趋完美。回想一下，我们是否真正地欣赏过自己，欣赏过身边的人？如果一个人不懂得欣赏身边的人，甚至连自己都不喜欢，怎能越来越好呢？一个人，要学会欣赏自己、欣赏别人。其实，那个原本看起来不完美的小女孩，也代表着我们自己。如果我们坚定地相信我们可以变得更好、更完美，不管眼下如何，只要努力完善、坚信未来，我们一定可以变得更加美好。

最后，严芳芳还用一句挺有哲理的话总结道："生命成长的过程也是不断滋养的过程。你如何相信她，她也会如何相信自己。"

现场的大人们听完这个故事，眼眶都红红的。

"他是外向奔放还是内向谨慎？你永远无法将一个谨慎慢热的孩子培养成热情奔放的社交小能手，每个孩子都是独一无二的存在，他们有自己的特质，这些特质不能肆意被归类为优点还是缺点，被冠上成人世界常规固定的看法。比如，你给孩子贴上胆小谨慎的标签，总觉得他不会交朋友，他就会变成你所设定的样子。你应当鼓励孩子去人群中表现自己，放手让他去和同龄人相处，而不是给孩子贴标签。其实，应该接受引导和改造的人往往是我们家长自己。"严芳芳严肃地说。之后，她便邀请宋老上台分享自己的心得。

宋老给大家分享了一个古代的历史故事。春秋战国时期，齐国有一对好朋友，一个叫管仲，另一个叫鲍叔牙。年轻的时候，管仲家里很穷，又要奉养母亲。鲍叔牙知道了，就找管仲一起投资做生意。做生意的时候，由于管仲没有钱，本钱几乎都是鲍叔牙拿出来的。然而，赚了钱以后，管仲拿到的却比鲍叔牙还多，鲍叔牙的仆人看了就疑惑地说："这个管仲真奇怪，本钱拿的比我们主人少，分钱的时候拿的却比我们主人还多！"鲍叔牙听到后就对仆人说："不可以这么说！管仲家里穷又要奉养母亲，多拿一点没有关系的。"

有一次，管仲和鲍叔牙一起去打仗，每次进攻的时候，管仲都躲在最后面。大家就骂管仲是一个贪生怕死的人，鲍叔牙马上替管仲解释："你们误会管仲了，他不是怕死，他得留着他的命回去照顾老母亲呀！"

管仲听到之后说："生我的是父母，了解我的人可是鲍叔牙呀！"后来，齐国的王死掉了，公子诸儿当上了王，诸儿每天吃喝玩乐不做事，鲍叔牙预感齐国一定会发生内乱，就带着公子小白逃到莒国，管仲则带着公子纠逃到鲁国。不久，齐王诸儿被人杀死，齐国真的发生了内乱。管仲想杀掉小白，让纠能顺利当上国王，可惜管仲在暗算小白的时候，把箭射到了小白的玉带上，小白趁机装死，管仲一行人因此大意，放慢了回国的行程。

但是，鲍叔牙和小白日夜兼程，比管仲和纠早回到齐国，小白当上了齐国的王。小白当上王以后，决定封鲍叔牙为宰相，鲍叔牙却对小白说："管仲各方面都比我强，应该请他来当宰相才对呀！"小白一听："管仲要杀我，他是我的仇人，你居然叫我请他来当宰相！"鲍叔牙回答道："这不能怪他，他是为了帮他的主人纠才这么做的呀！"最后，小白听了鲍叔牙的话，请管仲回来当宰相，而管仲也真的帮小白把齐国治理得非常好。

"谦虚使人进步，骄傲使人落后。"在70后、80后父母小时候，这句话太深入人心了。那时，家庭教育的风向标也是习惯不谈优点、只找不足，或许真的是担心孩子被夸奖后"尾巴会翘上天"，抑或只是在外人面前的一种自谦，因为在很多人的观念里，一个人只有克服缺点才能变得强大，获得成功……

宋老的一番话，实实在在地说到了大家的心里。确实，这一代的家长，他们这么要求自己，同样也这么要求自己的孩子。

坐在台下的何山不禁想起曾经看过的一本名叫《优势教养》的书。这本书里提到，想要让孩子乐观、坚韧地跑赢未来竞争，最好的方法不是想方设法地帮他减少劣势，而是应该把大部分注意力放在帮助孩子发挥优势上。

严芳芳接着说："我们帮助来这里求助的每一个人，都是引导他们向内探寻，看看自己的内部世界，看看自己的心，是不是依然赤诚火热，燃烧着原始的火焰。而在自我疗愈的这条道路上，我们每个人都有一颗想要被理解、被看到的心，不妨跟随着自己的内心走，全然地绽放自己，感受内在的平静、喜悦，进而让它转化成积极力量，充实我们的内在。其实，我们生命中的许多限制，都是自己给自己的。我们需要的是打破常规、限制和不可能，活出生命最好的状态，探索更好的生活方式，更好地滋养自己，给自己力量，让自己更加美好、更加强大。另外，你和外在的关系，其实是你和自己的关系，只有活出你内在的自己，外在的世界才从容自在。其实最好的老师是你自己！"

人的精神世界的倒塌，不是一朝一夕所致。生活中我们所在意的那些，如面子、情感、名利等，无形中也在绑架着我们。好多事情都会成为过去，何必在意以后会怎样？经历过就足够，珍惜生命中每一分当下就好。其实每个当父母的都希望自己的孩子活得如云朵般自由，像小溪一样欢畅，却在不知不觉间扮演了伤害孩子的那个角色。

夕阳下，何山和宋老踏上了归程。何山坐在车上望着窗外的街景耸耸肩，似在抖落满身的病痛，又似在抖落尘埃往事……往事已不可追，我们都要以更积极的姿态去面对生活。何山深信，只要带着一颗纯粹的心，阳光雨露会净化心灵，赋予自己前行的力量。

大爱，

亦在琐碎里

　　虽至九月，"秋老虎"的威力依然不亚于七八月的艳阳高照。午后，毒辣的太阳照射着，柏油马路上散发着莫名的气味，走到哪里都是一阵阵的热浪迎面袭来，连呼吸间都是满满窒息的热意。

　　严芳芳急匆匆地走在林荫小道上，今天下午心灵治愈工作室预约了两个心理咨询求助的个案家庭，因为妇幼保健院的事务太多被耽搁了时间，这会儿只好前脚赶后脚地往目的地赶。

　　阳光细细碎碎地洒在路旁灌木丛边上，严芳芳听见一阵断断续续的抽泣声，只见一位三十岁左右的年轻女子蹲在地上掩面哭泣。热心肠的严芳芳不由得停住了脚步，俯下身来问："你怎么了？我是心理疗愈师，有什么可以帮到你的吗？"

女子抬起头看着严芳芳，眼里掠过一丝不易察觉的忧伤，泪水依然止不住地往下滑，一言不发地继续沉默。严芳芳扶着她的肩膀，故作云淡风轻地说："嗨，这世间没有过不去的坎，有什么事说出来我们可以一起讨论，或许就解决了。"

女子说她叫如音，两年前的她还是别人眼里的"职场杜拉拉"，在外企打拼多年，从朴实的行政助理成长为精明干练的销售部经理，见识了各种职场变迁，也历经了各种职场磨炼。然而强势执拗的她，进入婚姻后就成了软柿子，对丈夫和婆家人言听计从，从不敢有一丝一毫的意见相悖，不敢有半分懈怠。

她犹记得，出嫁前妈妈的千叮万嘱："嫁出去了就是别人家的人了，要时时刻刻以对方家里人的需求为先，能忍让的就忍让，要以大局为重，和气生财。"结婚后，如音尽职尽责当着好妻子、好媳妇，家里事无巨细的活儿都抢着承担，特别是有了孩子后，她操心的事情就更多了。三年的时间，她生下了一女一儿，身体有了不小的透支和折损。她这个新手妈妈，想给孩子最好的照顾，什么都亲力亲为，坚持母乳喂养，换尿布、喂奶、哄娃等几乎牺牲掉了她所有的睡眠时间，这让她的情绪非常低落和糟糕，还有了轻度抑郁。对于工作，她也不敢放松，现在的她每天都被各种事情包围，疲于奔命，生活变得一地鸡毛，面目狰狞。她心里很难受，只能在外面哭一会儿。

没有孩子前，老公再怎么漫不经心，对家里的事情再怎么不上心，她都可以退让，可以忽略。而现在，老公每天回家后竟然还瘫着玩游戏，婆婆来家里帮忙带娃，做饭难吃又不懂生活，她稍微表达下意见就被老公训斥"不孝顺老人"……如音不知道最初那个内心强悍的自己去哪里了？为什么美好的爱情最终会败给日常琐碎？

严芳芳知晓了如音的心路历程后，便邀请她去自己的工作室坐坐，等自己处理完约好的家庭咨询个案后再来好好和她谈谈。到了工作室，严芳芳请如音到休息室，她将窗帘轻轻拉拢，在电子屏上播放了一部名叫《叶塞尼亚》的电影，然后静静地退出。她想让如音边看电影边平复自己的情绪，顺带整理一下自己的心情。

天色渐渐昏沉，吞没了白天所有浓墨重染的色彩，只剩下一抹斑斓。忙碌了一下午的严芳芳终于顺利完成了两个心理求助案例的疏导，尽管很累，内心却很满足。来不及喝口热茶，放松一下肩颈僵硬的肌肉，便快步走进休息室。她不知之前声泪俱下的如音，现在情绪调整得怎样了？在心理疗愈的层面上，越平静的心绪，越有利于外界力量的引导与修复。

推开休息室的门，严芳芳看到光线暗沉的房间里，一个孤独寥落的身影侧身面向窗户站立着。有时候，一个人的背影，就足以表达一切。看来她是恢复了平静，只是内心的挣扎苦闷随着回忆和思量，在记忆的旋涡里打转，变得越发深不见底，仿佛透着一股冷飕飕的寒意。

严芳芳觉得要找到适合如音的方式与她沟通，让她敞开心扉。她让如音找一个舒服的姿势坐下来，闭上眼睛，把注意力集中在自己的呼吸上，让呼吸平稳下来。随着呼吸慢慢平稳，严芳芳不断地调整语调说："让自己的思维随着想象无限地发散出去，随着思维的发散，很多场景会出现在我们的脑海中，随着发散的慢慢深入，想象力会给我们提出一个又一个解决问题的办法。"然后，严芳芳引导如音去回忆刚才那部电影的情节，缓缓地用自己的语言去描述。如音闭上眼，慢慢想着表达着。

当叶塞尼亚伤心哭泣时，喜欢占卜的奶奶便会神秘兮兮地告诫她："你可不能流泪，眼泪会让人变得更懦弱，会带来坏运气！"这个残忍的恐吓，让一个敏感瘦弱的小女孩瞬间长大了。此后，叶塞尼亚再遇见伤心的事情，就忍住不哭，抑或是故作坚强地离开族人，一个人躲在角落里偷偷哭泣。她怕被奶奶看到，怕被任何人看到。

奶奶一定不知道，长大后，叶塞尼亚再也没有在别人面前流过眼泪。她喜欢把心事悄悄地藏起来，并沉迷于这种故作坚强的方式。长大后，叶塞尼亚变成了一个美丽又会跳舞的吉卜赛女郎，她与军官奥斯瓦尔多一见钟情，这本是一场浪漫的邂逅，头人却不允许部落里的女孩被白人带走。

奥斯瓦尔多以为叶塞尼亚会跟自己离开，未曾想她却放弃了他。虽然在奶奶的帮助下，叶塞尼亚最终如愿嫁给了奥斯瓦尔多，但她的倔强依然是幸福路上的"杀手"。后来，奥斯瓦尔多不得不与她告别，他希望她会挽留他，她依然微笑着拒绝了他。看着他的背影步步远离，她依然微笑着，心却如刀绞一般，仅一个转身，她早已泪如雨下。

我一直在想，如果叶塞尼亚稍微示弱一下，在奥斯瓦尔多面前流下了眼泪，他一定会留下吧。或许在他的心中亦存有这样的疑虑：为何她从不肯卸下自我保护的盔甲呢？

叶塞尼亚如此爱他，却不愿丢掉自我；他也爱她，却希望她是个柔弱的需要自己保护的姑娘。多么矛盾的一对儿恋人啊！她害怕自己的眼泪会打扰到他的决定，他却期待着恋人用眼泪来挽留自己！她一直想的是不能流泪，因为那是软弱的表现！他却在想：叶塞尼亚从不会为自己落泪，多半是不爱自己吧。

如音停下了叙述，忍不住又低声饮泣起来。严芳芳趁机循序渐进地问道："看完了这部电影，你最大的感触是什么呢？电影里面有什么地方和你的生活，或者说你的心理状态有共通之处呢？你有什么具体的感受吗？"如音渐渐缓过神来，但迟迟不说话，或者说千头万绪不知道该从何说起。严芳芳调整了一下方式，鼓励如音先放松身体，遇到紧张心脏像要跳出胸腔的时候，就引导自己深呼吸，让自己安静下来。严芳芳还手把手地教如音瑜伽呼吸法，在一呼一吸间，让自己全然放松。

如音认真照做，气息在收放自如中，变得平缓而有节律。慢慢地，她恢复了平和的语气，悠悠地说道："从前的我，骨子里是不服输的倔强与坚强，从不肯在别人面前落泪。也许自己并不认为眼泪会带来坏运气，却觉得眼泪是软弱的代名词，轻易落泪会让人看轻自己，不在乎自己。现在的我，早已忘记了应该如何流泪或者应该在何时流泪。虽然我的心是柔软的，但我无法放纵自己，让自己放声大哭或大笑。而老公是一个根本不懂眼泪的人，永远一副无所谓的样子。"如音冷冷地看着窗外，她平静的外表下，是如潮的暗涌，这是严芳芳最为担心的一点。如音那种故作坚强的姿态像是城堡的高墙，像绵绵春雨里的寒风，可以让人感受到的，只是拒绝与寒冷。

婚姻里，不被理解的委屈和不甘，有不可承受之重。夫妻一方过度承担也就有了指责对方的理由，压垮婚姻的最后一根稻草，只有身在其中的人才能深刻理解。千里之堤毁于蚁穴。许多失败的婚姻，最后都毁在了柴米油盐酱醋茶的琐碎里，有一方不愿意经营不愿意付出，终究会让另一方失衡以致心理崩溃。另外，一个不流泪的人，无论男女，都一定不是最坚强的，一定是内心有所缺失的，要知道，脆弱的表达未必是不坚强，强硬的表达也未必是坚强。

看着如音恍惚起来，严芳芳播放了一段鸟鸣溪涧的模拟音乐。通过敲击和摩擦，将声音传递到内心深处，其悠远深沉的声音，仿佛把人带到了云雾缭绕的深山，周遭都静了下来。

严芳芳一边轻轻地帮如音按摩穴位一边说："其实我们每个人的内在权威和需要活出的生命特质是不一样的，你要找到自己真正需要活出来的那部分，遵从自己的内在权威。一味的妥协和无意义的付出，并不能给自己带来安全感，反而让自己失去了被珍视和尊重的存在感。所有不是基于未来理想的妥协和让步都是退缩，你需要和你老公进一步深入沟通，寻求双方更接近的相处方式。勇敢直接地去表达你内心的想法吧，其实你的委屈也是一个提醒你的信息，要让他知道，一直以来你需要的是他给予你生活细节上的体谅、理解、洞悉和包容，是和你站在同一个水平线上，共同去面对和处理人生中遇到的难题，共同迎接快乐和喜悦。你要让他明白，你们是一个无法分割的共同体，你们在家庭中属于合作关系，两个人进入婚姻，既有乍见之欢，又可久处不厌，可以轰轰烈烈，亦能润物细无声，这才是爱情最好的模样，这才符合美国心理学家斯腾伯格提出的'爱情三角理论'，完美的爱情，激情、亲密和承诺，三者缺一不可。"

我们活在现实中，我们也在有意识或无意识地选择着我们的生活及事业中的"元素"。活出自己，不是证明给他人看，亦不只是此刻的状态，而是从自己的世界里走出来，为他人创造价值。当一个人没有未来亦没有梦想时，他的当下是没有力量的。你的未来会是谁？

美剧《傲骨贤妻》中有段台词：婚姻最大的魅力其实是在于让人探索两个没有血缘关系的人究竟能达成多么深度的连接。在一段有营养的婚姻中，最坚韧的韧带不是爱情，而是兼容和谐的精神世界。因为爱情迟早会在日复一日的熟悉中变得平淡，但深植于内心的认同感才是最珍贵的，并且无法被替代。像钱钟书评价杨绛："绝无仅有地结合了各不相容的三者：妻子、情人、朋友。"而杨绛认为："三者应该是统一的。夫妻该是终身的朋友，夫妻间最重要的是朋友关系。即使不是知心朋友，至少也该是能做伴侣的朋友或互相尊重的伴侣。情人而非朋友的关系是不能持久的。夫妻而不够朋友，只好分手。"

严芳芳不禁想起两个月前经手的一个案例。男主梁京和女主萧苹是大学时代的同班同学，现在在同一所学校任教。当四十不惑时，两个人的婚姻开始危机四伏。职业走向、子女教育、赡养老人、疾病等问题，让这对上有老下有小的中年夫妻不堪重负，曾经的意气风发和山盟海誓似乎被生活的琐碎消磨殆尽……

"生活永远是第一位的。人到四十还天天探讨爱不爱，这很浅薄，也不真实。"梁京说。在心理疏导的过程中，严芳芳得知萧苹还罹患了乳腺癌，内忧外患，苦恼不堪。在严芳芳的帮助以及梁京和萧苹的共同努力下，他们还是选择了携手共度余生。当家庭、事业、爱情随着病痛的治疗都得到了挽救时，他们的心灵也获得了慰藉和新生。

在平常的生活中，杀死婚姻的是那把叫"生活琐事"的不快的刀。爱情，死于超乎你想象的荒诞琐事。就像嚼久了的口香糖，厌了，无味，想吐，那些无法达至平衡的琐碎，将彼此的怨气积累成疾。

杜拉斯在《怦然心动》里说："爱之于我，不是肌肤之亲，不是一蔬一饭。它是一种不死的欲望，是疲惫生活中的英雄梦想。"平凡爱情中的琐碎，亦自有其动人的力量，不信您仔细瞧，琐碎里亦藏有平凡伟大的幸福。

世界上没有任何东西是永恒的，每一秒都在变动和相互转化中。记住，好好珍惜你生命中的人、事、物吧。

有一天，

你也会老的

夜晚的凉风，吹着太阳沉落西境。七点过后，何山才踏着疲惫的步伐走在回家的路上。白天忙得昏天暗地，面对形形色色的患者，必须打起十二分的精神。然而，不管多疲惫多累，当披上白大褂的那一刻，何山瞬间犹如打满鸡血，因为他能真切地感觉到这件衣服不同的意义。

生老病死、喜怒哀乐，医院是一个最能看透人生百态的地方，每天都有不同的剧情在上演着，里面的每一个故事都是浓缩的真实人生。

今天午间突然接到了抢救任务。十二点半刚过，何山在看完了上午的最后一个急诊病号，洗干净双手，准备去热一热变冷的饭菜时，助手小利突然上气不接下气地冲进来，急急地说道："主，主任，有两名患者同时轻生，从五楼跳下严重摔伤，现在急诊科着急召您过去会诊……"还没等小利说完，何山已经披上白大褂，一个箭步冲出了办公室。

听医生描述，现场两位年约五十五岁的男女摔得极其惨烈。现场围观者众，几位热心人和救护人员小心翼翼地将伤者抬上担架，生怕因处理不当造成二次伤害。病人生命的流逝以秒计数，抢救工作需要争分夺秒地进行，何山立刻投入协同"战斗"中，与死神赛跑。此时，浑身绵软的患者躺在抢救床上，意识尚保持一丝清醒，不时地痛苦呻吟，口角流涎。戴呼吸机、吸氧、插管，给患者建立静脉通道……女性伤者的生命体征忽然减弱，双侧瞳孔散大固定，对光反射无反应。

"何主任，不好了，女伤者呼吸、心搏骤停！"旁边的助手惊呼，何山扭头一看，仪器上的曲线确实显示骤停了，他的心不由往下一沉。

手术室的其他医护人员，也个个神情焦急凝重。何山明白，心搏一旦骤停，病人生命的倒计时就启动了。5 到 10 秒内，病人就会丧失意识，60 秒时，病人的呼吸逐渐停止，如果还不采取有效措施，全身器官都会陆续出现损伤，特别是对血液供应非常敏感的脑部。约 4 分钟后，病人开始出现脑水肿，6 分钟时，脑细胞开始死亡，10 分钟后，脑细胞就会出现不可逆转的损害，即使病人最终抢救成功，也可能会成为"植物人"。

果不其然，何山拼尽全力抢救，女患者还是回天乏力，撒手人寰。看看眼前面色灰白的死者，摸着她那逐渐冰冷的身躯，再看看那些为了让她活过来，紧张得大汗淋漓的同事们，何山的心情难以描述。

男伤者的情况倒是好很多，全身多处骨折，皮外伤出血亦不算严重，头部和内脏并没有太多损伤。从急诊手术室出来，他被送往普通病房。让何山有些纳闷的是，男伤者手里死死攥着一个东西，拳头握得紧紧的不松开。联系的家属久久未到，何山将他在普通病房安顿好后，才想起去吃午饭。

这时候，一名中年妇女跌跌撞撞地过来了，她头发凌乱，慌得语无伦次："医生吗？请问我妈在哪？在哪个房间？情况怎么样了……"何山打断了这女子连珠炮似的发问，回答道："你妈叫什么名字？你可以去护士站那边查询入院时间、入住病房等情况。"女子定了定神，点点头后，就风风火火地往走廊的另一头小跑过去了。

　　何山忙完了手头上的事，想起刚才抢救过的两名伤者，不知道家属到了吗？何山想给家属讲一下抢救的情况。在走廊尽头，何山看见刚才那位中年女子瘫坐在地上，嘴里喃喃自语："妈妈，你怎么这么狠心就这样丢下我们走了……"听着让人很是动容。何山快步走上前，询问后得知，这名女子正是今天午后处理的那一位女伤者的女儿。

　　"我是参与救治的医生，我叫何山。"何山简单介绍了自己，然后详细讲述了死者的死因。中年妇女目光呆滞地听着，一边摇头一边嘴角扬起一丝冷笑说："不可能的，我妈妈不可能会自杀的。一定是那个男人哄骗我妈妈一起赴死，然后就这么害死了我妈妈，一定是这样的，一定是！"女子声嘶力竭地喊道，"我要找那个家伙算账，要他还我妈妈的性命来！"

　　何山被女子眼里透着的寒光震住了，一时半会儿不知道说什么好，只能机械地说："女士请你冷静一下，我知道你很悲伤，但人死不能复生，还请节哀顺变，安排好后事，送好死者最后一程。"

　　女子一边低着头自言自语，一边僵硬地往外走。一名年轻的男子赶到，扶着她的肩膀使劲摇晃着说："姐姐，你醒醒，妈妈已经没了，我们不能再这样糊涂下去了！"女子抬起头，仰天大笑起来，一边笑一边眼泪不停地流："糊涂啊，是我们糊涂啊，妈妈没有带眼识人，被带阴沟里了，现在连命都没了。"说罢，蹲下来抱着双臂痛哭流涕。

　　接下来，从与这对姐弟的对话中，何山大概了解了死者轻生的来龙去脉。这对自杀的男女都是本城当地人，这个名叫冬梅的女人，刚刚从工作单位退休，退休前，她是图书馆的一名行政人员。她勤快利索、性子温柔，生育了一儿一女，家里家外都是一把好手。丈夫早年因车祸去世，她独自一人将孩子拉扯大，熬过了特别不容易的一段岁月。也许是还没有适应退休后的新生活，冬梅总觉得很不习惯，一个人在超市漫无目的地闲逛，也不知道要买些什么，买了好吃的孩子们也常说加班不回来吃。

另外，她心里还有一件盘旋了很久的心事，那就是年逾三十的女儿还没有对象，别人家同龄的孩子都抱上俩了，她的女儿还一点儿不着急，完全没有动静。越盘算越心急，冬梅等不及，便找人做了一份女儿的简历，往滨海公园的相亲角奔去。

从南门进入滨海公园，沿着小路穿梭到中心湖畔，顿时觉得秋雨过后的滨海公园天高云淡。但在公园的另一头，则是另一番繁忙景象，让冬梅觉得眼前、耳边突然热闹起来。在游乐园对面，翠湖湖畔的小坡上、树上挂起了一排排的相亲资料，几百个人在里面穿梭着、热烈地交谈着，这场面足足绵延了上百米。

一眼望去，这里的人多数都是上了年纪的大爷大妈，很少能见到年轻人的身影。冬梅心想：看来都是和自己一样，为儿女的终身大事操碎了心的老父亲老母亲们啊。她一扫之前的忐忑和紧张，变得坦然起来。这时，迎面走来一位正在打电话的大叔，正对着电话说着："我刚跟女孩的家长聊过了，各方面都挺合适的，人家女孩在国企上班，收入不错而且稳定，家庭各方面情况也挺好的，你怎么就不愿意约个时间见见呢？"语气充满了埋怨和焦虑，一听就是为了儿子找媳妇的事没少发愁。

冬梅仔细看了看树上挂着的一些相亲男女的个人资料，写得很详细，包括年龄、身高、工作、薪水、户口、是否有房产等信息。资料里的很多人都十分优秀，月薪上万、985 硕士比比皆是。

"这里就像个婚姻交易市场，所有条件都被明码标价。"冬梅边走边看边喃喃自语。旁边一个男人也轻叹道："哎，孩子小的时候忙着给他找好老师，长大了还要忙着给他选媳妇，这当家长的何时才可以省省心呢？"冬梅转过身来，发现说话的人正是刚才打电话的那个男人。她细细打量着这个人，发现他棱角分明的脸上带着冷峻，谦和的笑意在脸上的沟壑间回荡，穿着一身洗得发白的蓝色衬衣和裤子，打扮得利索素净。

　　因为有共同话题，两个人欢快地聊了起来，冬梅也慢慢放下了戒备。这个男人叫王栋，早年离婚时，前妻坚决不要孩子，就这样带着孩子的他兜兜转转也没遇上合适的人，就一个人一把屎一把尿地将孩子拉扯大，将就着过日子，爸爸当得甚是辛苦。聊着聊着，两人发现彼此的生活有很多共通之处，越说越投机，都觉得两家的孩子可以见一见面，说不定能对上眼。冬梅觉得这可能就是冥冥中的缘分，一般都是双方父母投缘投契，才适合做亲家，父母都没看上，就没有后面的事了。

　　接下来的事，也出乎两人的意料，他们越走越近。因为都退休了，所以有大把的时间，趁着儿女还没下班，他们约着出门，一起度过了很多美好的光阴。加之他俩是一个年代的人，有着不少共同的话题，有时只是待在对方身边，内心也满是欢喜。冬梅好静，闲时喜欢摆花弄草，看书画画；王栋好动，有空就运动耍拳，呼朋唤友。渐渐地，一向喜欢宅在家里安静度日的冬梅，在王栋的带领下，也喜欢上了热闹欢乐的场合。慢慢地，他们开始觉得对方是自己不可或缺的一部分了。

　　然而，这段美好的黄昏恋，遭到了儿女们的一致反对。王家的孩子觉得冬梅是看中了父亲优越的家庭条件以及相当不错的退休金，可以跟着他安享晚年。而且，冬梅还有个未结婚的儿子，一定想让父亲帮她儿子买房结婚。这种女人，岂能让她进门。另外，再婚以后，如果自己父亲先走一步，家产的继承还得打官司，这种例子多了去了。而冬梅的女儿闻讯后更是激烈反对，明令禁止妈妈和这个男人再来往。在她看来，这不靠谱的恋爱终究不会结出期望中的花朵。

在儿女们的阻拦下，这桩婚事就不了了之了。只是王栋心里总挂念着冬梅，时常与她"私会"，两个人在一起，哪怕只是简单地吃吃饭，说说家常话，也让他孤寂的心灵得到些许慰藉。然而，王家孩子发现后，对王栋实行了人身管制，不让他出门，甚至连他的电话也没收了。郁闷的王栋时常发火，但也无济于事。绝望中，他想到了死，觉得死了，就没有人能分开他们两个了。

第二天，他趁儿子不在家，偷偷溜了出去，直奔冬梅的家。冬梅也被女儿管制得很严，不管去哪里、做什么，都要如实汇报。王栋见到冬梅后，两人相拥而泣，约好一起共赴黄泉路。

听完整个故事，何山唏嘘不已。他认为每个人都会有老的一天，或许都会遭遇失去伴侣需要重新开始新生活的可能，为什么就不能多一点点的理解和包容呢？许多子女对父母晚年的感情、婚姻生活干预太多，一是过于重利的观念导致，二是忽略了老年人和年轻人一样，也有追求自己幸福的权利。

冬梅的女儿身穿白衣，在弟弟的陪伴下强忍着悲痛，帮母亲办理了遗体认领手续。之后，她开始清醒，随之而来的是剧烈的内心疼痛，以及漫无边际的懊悔。早知如此又何必当初呢？作为老人的子女，完全站在自己的角度，用一己的想法来绑架本该属于老人的幸福，酿成了本不该发生的悲剧。

想到这里，何山唏嘘不已！在生命面前，时间与痛苦到底意味着什么，到底什么选择才是对的，这些问题让何山很长时间都深陷其中不能释怀。

回家的路上，漫天的星光明亮璀璨，何山脑海里一直盘旋着这个问题：当我们老了，应该怎样面对死亡？余生的路深深浅浅，人要怎么掌握生活的主动权？离开这个世界时，怎样才能有尊严？他突然想起秦梅推荐过的一本书——《相约星期二》，这是一个老人面对死亡的故事，何山拨通了秦梅的电话，想让她找找家里有没有这本书。

"喂，老何，下班了吗？几时能到家？饭都快好了，我们等你回来吃饭。"电话铃声响起，秦梅轻柔的声音从话筒那边传来。

突然间，何山打消了让秦梅找书的想法，他不由得加快了回家的脚步。因为他突然觉得活着就是要享受生活的温暖；有一个生活和精神上的伴侣，一起去面对酸甜苦辣的百味人生，是多么值得庆幸的事啊！

当何山心里惊起的涟漪慢慢归于平静，天空中那一缕柔和的月光，映着夜色下怒放的秋花时，花与影，幽幽香韵袭来，夜空中的星辰相互辉映、相依相伴，呈现出最美妙的景致。

荣耀、成功,

源于从一次次痛苦经历中拿回的力量。

第四章

情感

：

你认识真正的自己吗？

所有刻骨铭心的爱，

并不存在

心灵疗愈工作室给了严芳芳宛如重生的力量，犹如热烈的阳光照进了紧闭屋门的狭缝，推开便是如同"碧藕花开水殿凉，万年枝外转红阳"的另一番景致。过往原生家庭带来的阴影，正退潮般渐渐淡去，在为各类求助个案使尽浑身解数疗愈的过程中，严芳芳也找到了解开自己心结的那把钥匙。

时节已进入秋季，澄清的天空，像一望无际的平静的碧海，一尘不染，晶莹透明。强烈的白光在空中跳跃着，宛如海面泛起的微波。在这样一个周末的午后，忙碌了整整一上午的严芳芳回到家里，放下背包连鞋子都懒得脱掉，就随手拿了一把躺椅，躺在慵懒的阳光下。轻柔的日光照耀着皮肤上的纹路，这个季节特有的凉风拂过她的脸颊，带着微微入骨的凉意，耳机里播放着安静的音乐，她融入这无边的惬意中，昏昏欲睡。

这时，急促尖锐的门铃声响起，被惊醒的严芳芳赶紧从躺椅上跳起来去开门。而眼前的这个人，在她的梦里、记忆里曾出现过无数次，她也曾无数次哭醒后再沉沉睡去。留下的，只有脸颊上的泪水以及无限的唏嘘和怅然若失。

她还没从恍惚中缓过神儿，来者便开门见山地冲口而出："芳芳，这些年你还好吗？我这次来，是有事相求！"严芳芳面露尴尬迟疑的神色，想拒绝又不知道如何开口，在半纠结半迷糊中，来者自顾自地走进了严芳芳的家。

这位不速之客名叫冬明，对严芳芳家的一切都很熟悉。严芳芳的家居摆设一如十余年前，就连胡同里陈旧的老房子也未曾换过新颜，前楼四扇木窗朝东，太阳光强烈的时候，窗外总是挂上竹帘子避光。

往日的回忆像呼啸着迎面而来的火车，一下子把两人拉回了曾经。冬明是严芳芳的初恋，和所有青葱岁月开始的朦胧恋情的剧本差不多。

"那是我还不识人生之味的年代，我情窦还不开，你的衬衣如雪，盼着杨树叶落下。眼睛不眨，心里像有一些话，我们先不讲，等待着那将要盛装出场的未来……"他们的故事就像《清白之年》歌里唱的那样，彼此在梦境中憧憬编织着彩虹一样绚丽但又昙花一现般的爱情。

那个时候的日子，每一天都带着风清月白的美好。冬明总是陪着严芳芳四处逛书店，夜里的风很安静，晚上的书店，一切仿佛都在沉睡，唯有人与书在对话，那缓缓流动的静谧感啊，真让人沉醉。严芳芳安心地专注于自己喜爱的心理学书籍，她沉浸在书的海洋里，不被城市的虚浮羁绊。

他形容她，生如夏花，所以有着蓬勃的生命力，比别人更渴望热烈的阳光；带着对生活的热爱，做不到光芒万丈，但始终温暖有光。严芳芳将冬明视为她的全世界，毫无保留地将心全部交与冬明，深深地依恋着他。

然而，让人没想到的是，本来以为的天长地久，很快剧终人散。书店老板汪小姐，喜爱满世界旅行，还开了间西餐馆。一次偶然的机会，冬明认识了这个张扬的女子，于是有了后来的背叛。

"海底月是天上月，眼前人是心上人，向来心是看客心，奈何人是剧中人。"严芳芳不由得想起张爱玲的《倾城之恋》，明知世间一切终是镜花水月，强求无用，但当心爱的人出现在面前，却依旧痴迷，依旧执着。得不到的眼前人，就像海底的月，如果对方不爱自己，就算看得再真切也触摸不到。

严芳芳原以为，这一转身便是一生了吧。从此，路归路，桥归桥，他们老死不相往来。

这些年，他们确实也再没见过面。严芳芳心里明白，那个人、那段幻灭的爱情，已经留在了那个普普通通的清晨。严芳芳也陆陆续续从同学、朋友口中听过他的一点近况：与汪小姐分手了、出国了、毕业了、入职知名国企、离职跳槽、创业、结婚又离婚……

不管她心里放没放下过往的情感，时光总是按照自己的轨迹推动着每个人的生活向前。她记忆中的那个白衣少年，早已不是当初的那个他了。当然，她也不是那一年的自己了。她不由得想起外婆还在世时常说的那句话："所有刻骨铭心的爱，并不存在。"

"芳芳，我此次来，是有事求助于你。听说你学的是心理学，现在开了一家心灵疗愈工作室，挺有名气的。"冬明的声音压得低低的，给人的感觉就是一个多年未见的故人坐在自己对面，云淡风轻地扯着家长里短。当年他们分开的时候，并没有"一别两宽，各生欢喜"的体面，也没有顾及各自的尊严，即使多年后再相见，心里多多少少也会有芥蒂。

茶杯里冉冉飘起的茶香犹如飘荡在竹林上空的浮云，让严芳芳凌乱的思绪渐渐清晰。迟疑了一下的严芳芳马上调整好自己的状态，面带微笑礼貌地问道："不知我有什么可以帮到你的？"冬明轻叹一口气，但还是原原本本地阐述了一遍自己苦恼的事。

原来，去年年初冬明与前妻林珊办理了离婚手续后，林珊的情绪就变得很不稳定。林珊曾以为，她和冬明的关系不可能走到分崩离析的地步，然而她性格中的多疑和执着在她心里埋下了深深的怨恨与不满，她像个祥林嫂一般到处找人倾诉怒骂。最开始的时候，大家本着同情之心，会耐心听她细数这段溃败破碎婚姻里的种种槽点，而当她越来越变本加厉时，亲朋好友都避之不及，纷纷远离她。当负能量积累足够多、精神到了崩溃的边缘时，冬明一通冷冰冰的回电，成了压垮她的最后一根稻草。一夜之间，她变得神思恍惚、疯疯癫癫，那个整洁干净得近乎洁癖的女人，不修边幅、蓬头垢面地走在街头，时而胡言乱语，时而尖叫怪喊。没想到，一场离婚风波会让她陷入如此境地。

冬明听说后，动了恻隐之心，偷偷在不远处观察她。林珊看见了远处站着的冬明，竟像个孩子一样欢欣雀跃地扑过去，紧紧地抱着他喃喃自语："亲爱的，我知道你会回来的，你会回来的，不要走，不要离开我，我改，我改……"边说边自顾自谄笑着。冬明的手臂被林珊紧紧地抓着，她尖锐的指甲将他的手臂划出了一道又一道的血痕，冬明突然有种被恐惧卡住脖子无法喘息的感觉。恐惧、内疚、痛心、不安、忐忑、不知所措的复杂心情像旋涡一样将他的心卷入深不见底的浪涛里。

"不管怎样，自己都有责任，做不到好聚好散，也应该尽自己最大的努力，将伤害降至最低。虽然世界上不是所有的爱情都有解，但我想帮林珊解开心里的结，不能让她将自己逼上不归路。"冬明伤感地说。

听冬明说完，严芳芳的脑海中已经显现出了一个女子近乎痴狂的模样，以及他们之间像树藤一样盘根错节、千回百转的纠缠。作为一名专业的心理疗愈工作者，严芳芳深知，自己必须想一个比较周全的疗愈方案来帮助林珊和冬明，以一棵树摇动另一棵树，一朵云推动另一朵云，一个灵魂唤醒另一个灵魂。

天空中柔和的光线静静地洒进了窗户，高飞的云雀阵阵高歌着。严芳芳点点头，答应了冬明去会一会林珊，帮她打开紧闭的心扉。之后，严芳芳就在想有没有什么适当的方式可以直接进入林珊纠结恐惧的内心深处，从里面来了解真相，而不是向外求得解脱。

初秋的黄昏，严芳芳和冬明一同来到一栋破旧的居民楼楼下。这个二十世纪六十年代建的鸳鸯楼是由两栋相对而望的六层老式居民楼构成，现面临拆迁，外墙很多岩灰已经斑驳、脱落，显得残败不堪。而林珊正衣衫不整地站在弄堂过道旁的水龙头前，一遍又一遍地用冰凉的自来水冲刷着自己的脸，然后仰面哭哭笑笑。旁边经过的邻居都快步离开，人人都害怕和这个疯女人扯上半点儿关系。她的故事应该有人或多或少了解过，但鲜有人真正关心。此时的她犹如过街老鼠般招人嫌弃厌烦，她的故事也像渐渐发酵发臭的陈年食物的残渣，熏到街头巷尾。

严芳芳慢慢走进林珊，她也打开水龙头狠狠地捧了一把水往脸上浇，一旁的林珊好奇地看着严芳芳和自己一样的举动，警惕防备地打量着严芳芳。林珊可能在想，这个女人怎么这么奇怪，不躲开我还要靠近。严芳芳拂了一下脸上晶莹的水珠，畅快地感叹说："水能洗净一切污垢，真好！如果人的烦恼和忧伤也可以随着这哗啦啦的水流一泻而下，冲得无影无踪，岂不是大快人心。"林珊似懂非懂地点点头。

严芳芳觉得林珊慢慢开始信任自己，好像能够接受自己说的话，这也侧面说明自己的切入方向是对的。看着林珊义无反顾地走进自己制造的牛角尖，把自己失败的情感，变成了一个又一个的死结，将自己紧紧地缠住，几近窒息。

严芳芳继续引导说，所有外在矛盾的部分，都是内在矛盾自我整合的过程。冬明是照进你黑暗生命里唯一的一束光，这束光，融化了你内心严寒的冰川，甚至让一株冰封的嫩芽，冲破坚硬寒冰的禁锢，在阳光的照耀下破冰而出，绝美而尽情地绽放，继而永不停息地繁衍，郁郁葱葱、轰轰烈烈，他让你孤独的心得到了救赎……然而，出现在他生命里的现在的你，也凌迟了他，让他痛楚。

现在的林珊像一个喝醉酒的人，想努力走直线却总是走不直。如果她能够走出头脑里的各种陷阱，还是会迎来"枯木逢春犹再发"的春天。

林珊同意了严芳芳帮助自己进行系统的治疗，渐渐地，她的头脑变得清醒了一些。心灵疗愈作为一门解决内在混乱与冲突的学问，也是一种拯救心灵的生活艺术，疗愈的过程是一次奇妙的旅程，为每一个渴望步入生命美好境界的心灵而展开，你永远不知道打开那扇门，后面会出现何等惊喜的风光。

严芳芳始终认为，对立的事物本质上是一样的、极端的两面总会相连；所有严重的冲突都可以被调和，一切都是互相成就，互相衬托。

有人说过："如果爱无法唤醒你，生命就用痛苦唤醒你。如果痛苦不能唤醒你，那么生命就用更大的痛苦唤醒你。如果更大的痛苦不能唤醒你，那么生命就用失去唤醒你。如果失去不能唤醒你，那么生命就用更大的失去唤醒你。"严芳芳相信，每个生命都带着天赋、使命与祝福来到这世间，岁月不负有心人，林珊应该鼓起勇气用一颗纯粹的心去相信它并拥抱它。

很多人都未曾发现，到底是环境决定你还是你决定环境，人生决定你还是你决定人生，到底是你选择了生活还是生活选择了你。

爱情，

是烹小鲜

　　林珊的情况一天天地逐步好转，冬明每次陪着林珊来严芳芳的心灵疗愈工作室复查时，严芳芳都能发现冬明眼底一点一点与日俱增的柔情。冬明不厌其烦地扶着林珊，帮她打点好一切。看在眼里的严芳芳，心里竟隐约涌出伤感来，她忍不住想若是当年的他们没有分开，今日的他，应该也会这般柔情地面对自己吧。

　　但这一刻，她的身份是心灵疗愈师，严芳芳不断给自己心理暗示，提醒自己不能将私人情感带入，林珊在她面前，就是一个需要帮助的案例的主人公，不可以牵扯其他任何想法。

　　在疗程开始之初，严芳芳跟冬明强调，心灵上的伤害源于不恰当的认知，以及

112

长期以来积累的负面紧缩的情绪，所以疗程最重要的是：重复，重复，再重复，重复地做释放，纠正不当认知，释放和转化焦虑、恐惧的情绪，把情绪转变为力量。

林珊的情况日趋稳定和明朗，来进行心灵治疗的间隔也变得越来越长。最后一次来的那天下午，陪同她的是她的表姐琳琳。

治疗按计划进行，严芳芳却有点儿心神不定。一旁的林珊表现得无比平静，虽然不受控制的疯癫状态已经从她身上渐渐褪去，但严芳芳知道她的心里或多或少还留着对过往的痛惜与不甘，当然，严芳芳也相信，这个伤疤是需要时间去治愈的。

我们每个人都会经历爱情，而真正能在爱情中甘之若饴的强者，都懂得"浓情烈酒误伤身"的道理。哪怕是一缕阳光，也在尽享爱的滋养。把融化的真情点燃，让生命之爱洒满人间。不管是热恋中的爱情，还是围城里的夫妻相处，慢工才能出细活，尤其是对于火候的掌握，要到一定程度，才能有进一步的发展，而没到火候的时候，千万不要对彼此的关系过于乐观，毕竟建立好感和联系度很难，想要毁掉它们则很容易。有时，感情的事情需要更多的酝酿，急于求成，反而容易坏事儿，就像熬汤一样，小火虽然慢，但比较入味，大火看起来很猛，但容易烧糊。

冬明急急地赶来，迎着琳琳的目光，他带着歉意说："不好意思表姐，今天临时有个重要会议要开，走不开，辛苦你陪林珊来复诊了。"琳琳摆摆手说没事儿。

冬明蹑手蹑脚地走到疗愈室窗外站着，探头探脑地想看看林珊的情况。严芳芳从房间里走出，悄声示意他安静，冬明便点点头退到了一边。冬明像是对严芳芳说，又像是自言自语："我相信林珊可以像表姐琳琳那样好起来的。"

从冬明口中，严芳芳对琳琳大概有了一些了解。琳琳是单亲妈妈，她的感情经历也很坎坷。2017 年，生完孩子的琳琳又重回职场，在国学博士创办的一家公司专职做幼儿国学教育。从基层做起，她很快上手，在公司的平台上如鱼得水。

2018 年初，靠着自身的勤奋努力，琳琳家里困难的经济缓过来了，她的手头渐渐变得宽裕。然而，这时候，琳琳的爸爸体检查出了癌症，尽管这一年过得很辛苦，但他们一家人也很幸福。在琳琳看来，那些陪伴父亲在生死解脱路上走过的光阴，也很珍贵。

后来，琳琳再回想起那段日子，总对身边的人说："如果没有那两年赋闲在家学习经典，做义工充实自己、唤醒自己，2018年我肯定扛不起这个家。解脱之道不是往生不是成佛而是看破贪嗔痴，不被自己的欲望左右。"对女儿的教育、对父母的陪伴，琳琳一直当作人生的重大课题与使命来做，不辜负与父母在一起的每一个日子。

琳琳对人生，其实也有很多自己的感悟。琳琳觉得，这些年自己都一直在感受，带着觉知去生活，最大的体会是，凡事为自己，一旦得到了再继续得到的时候，其实就是痛苦了。发自内心的快乐好像都是在利他，能够为有缘的人多付出一点点，感受生命有存在的价值和意义。

旧有的思维和模式只会得到现在的结果，唯有建立新的认知和模式才能得到不同的人生。同样懂得面对自己内心的阴暗面，才能拥抱阳光的另一面。

当你觉得生活事业很糟糕的时候，要认识到这个世界上总有些人比你更糟糕。抱怨是隐藏自己、逃避自己的方式，应好好反省自己，明白遇见的每一个人、每一件事，其实都是要给我们提醒些什么，告诉我们些什么。而我们在迷惑的时候，往往不会去观察这些，觉得来了就来了，我怎么这么倒霉，或者说我怎么这么幸运。

当我们带着觉知去看身边发生的一切的时候，我们就能生发智慧得到平静，方才明白，所有的快乐源于利他，慢慢就解脱自在了。

觉悟到了这些后，琳琳觉得自己放下了对钱的执着、对名利的欲望，以及对情感的执着。内心的富足不是通过物质证明的，而是内在丰盛了，可以更轻松自由地拥有和运用物质。琳琳的情感经历也是比较跌宕起伏的，在她的生命中，曾有过三段爱情。第一段是大学时期的初恋，已经到了谈婚论嫁的地步；第二段以悲剧的方式结束，恋人与自己阴阳相隔；第三段当她觉得自己并没有得到自己想要的东西的时候，内心的矛盾愈演愈烈，以至于无法控制。

我们每个人的人生都是独特的，不会因为拥有了谁而完整，也不会因为失去了什么而变得不完整，这个完整不完整取决于我们内在的那颗心是否是富足的、觉知的。经历可以磨炼我们的心智，锻造我们的心性。受的苦、吃的亏、担的责、扛的罪、忍的痛，到最后都会变成光亮，照亮我们前行的路。

严芳芳听完了琳琳的故事后，感慨颇多。尽管零碎、杂乱，但经过整合梳理后，能够看出琳琳对情感的执着和疑惑，在于她没有真正明白并做到，所有的内心障碍，唯一解决的方式就是成长。每一点成长也是内在整合的过程，当我们让别人变得越来越好的时候，其实自己也越来越好，当然前提是我们一定要先照亮自己。而感情、婚姻恰如烹小鲜，当你又是劈柴又是拉风箱又是架锅烧水，热火朝天地按照对方的口味准备原材料的时候，人家却跑到别人的饭桌上吃饭了，这时只剩下可怜的厨子拎着锅铲独自在风中凌乱了。

你所拥有的到最后都带不走，值得留下的唯有你对这个世界的爱与付出。

有句老话说，人要往前看。过去发生的一切，都是为了让你能更有力量地活在当下，基于未来享受当下，认识到当下的每分力量都会让我们离未来更进一步。

外遇中，

看到婚姻的爱

最近几天，何山所在小区的微信群快炸了。起因是隔壁五栋3004家的女孩小意，得了一种名叫"特纳综合征"的怪病，她妈妈四处求医，不明就里的邻居们在群里感叹不已，"才13岁的孩子，是不是读书压力太大了？造的什么孽……"一时间，各种猜测甚嚣尘上。

而小意的故事，还得从2016年的那个寒假讲起。那天上午，小意和同学在家做作业，爸爸打来电话说自己把手机忘家里了，让她送到公司去。小意在爸爸的床头找到手机后，不禁把玩起来，她打开了手机刷抖音，顺便拿手机给同学和自己拍了几张合照。然而，让她没想到的是，在手机的相册里她看到了爸爸和一

116

个陌生女人不堪入目的照片。

这个早熟的孩子，短暂的惊愕后，似乎洞悉了一切。

走出门，小意哭了一路。最终，她装作若无其事，把手机交给爸爸的刹那，说："爸，早点回家。"其实，这个聪明的女孩内心思忖了很多，她天真地以为，如果她和妈妈经常去探望爸爸，或者要求他天天回家，他就没有时间和别的女人在一起了。

那时的小意10岁，正在读小学四年级。其实，自懂事起，她就知道，父母的感情不太好。爸爸在公司主管销售工作，经常去外地出差，很少回家，妈妈一度怀疑他在外面有了别的女人，两人吵架的次数也越来越多。妈妈经常以泪洗面，她唯一的倾诉对象就是女儿，"如果不是因为有你，你爸早就不要我了，你是妈妈的希望。"小意并不完全懂得大人间的事，但在这样的家庭中长大，她变得比其他孩子更成熟敏感，她知道在这个家里，爸爸很爱自己，她也一心想通过自己的表现，让爸爸"回心转意"。

这年春天，小意终于盼来了好消息，爸爸由于工作调动，以后可以不必出差。小意妈妈也略感欣慰地对女儿说："你爸爸有时间陪伴我们了。"这个率直的女人一番自省后对女儿说："不管他有没有对不起我，只要他肯回家，我什么都不计较。"可偏偏就在这时，小意在爸爸的手机里发现了他的秘密！那天夜里，小意失眠了，辗转反侧中，她决定把秘密隐藏起来，并开始了挽回爸爸的计划。

春节假期很快到了，一家人天天在一起吃喝玩乐，过得十分和谐快乐。看到妈妈重新绽放的笑容，小意暗暗庆幸自己没把照片的事情告诉她。然而，一个月后，爸爸就开始借口工作忙，很少回家了。小意没人可商量，便去找好朋友笃笃诉苦，两个小家伙经过一番讨论后，最终决定对小意的爸爸来个突然袭击。

那天中午，小意约上笃笃来到了爸爸的公司楼下，小意给爸爸打了一个电话，说自己学校搞活动，刚好活动结束路过这里。小意的爸爸很吃惊，正好到饭点了，他将两个小姑娘带到公司的食堂吃饭，一个劲地说："你这孩子，干吗不声不响就跑来？"小意笑着说："我想爸爸了。"爸爸怜爱地说："爸爸晚上不就会回去的吗？"笃笃机灵地说："叔叔，我们大了，能独自出门了。"两个女孩心无城府的回答让他放松了警惕。

吃过饭，小意提出要到爸爸的办公室玩一会儿，爸爸紧张地答道："爸爸等会儿还要开会，下次再带你去，你们先回家吧。"小意嘟起了嘴："现在是午休时间，我们就去玩一小会儿嘛，就一小会儿？"

"爸爸的工作要是没完成，会挨批评的！"边说边从钱包里拿出二百元，"你和笃笃想吃什么就去买吧。"尽管两个小女孩想进一步探查秘密，无奈人生地不熟，她们第一次的出手，就这样无功而返。

就在两个小女孩商讨接下来应该怎么办时，小意的班上发生了一件大事。班上的一位男同学趁大家都在上体育课，他一个人溜回教室，从楼顶跳了下去。眼睁睁看着男同学被送往医院，班上的女孩都吓哭了。老师在这位同学的书包里发现了一本日记，才知道原来他的父亲有了别的女人，将财产悄悄转移走了，母亲为供他读书，工作三班倒，累倒了……

得知同学遭遇的小意，一连几个晚上都把自己蒙在被子里哭到半夜。她和同学的遭遇何其相似，只是爸爸还没做到那一步而已。十分担忧的小意，通过网络在线咨询律师后得知，父母一方有了外遇，一旦离婚，过错方将少得或不得财产。她暗暗想，一定要拿到爸爸的手机保存下那些照片，或者再寻找到其他的出轨证据，那样她和妈妈才不会落到和同学一样的下场。

收集到证据的小意不知道那些证据是否足够，于是便在网上发帖求助，有律师告诉她那些证据可以证明父亲出轨。掌握了爸爸出轨铁证的小意心情越来越差，她不知道要不要把这些秘密告诉妈妈，又不敢告诉其他人，否则爸爸可能真的会和妈妈离婚。她不知道应该怎么办，怎样才能保护好妈妈和自己。

纠结、痛苦，像魔鬼一样困扰着这个十来岁的女孩，她变得越来越沉默、孤僻。她经常从睡梦中哭醒，经常想到以前爸爸常骑摩托车带着她和妈妈去武侯祠玩，去宽窄巷子喝茶，那时的日子多么温馨啊！她多么渴望一觉醒来，爸爸已经回心转意……女儿的变化让妈妈十分担忧，她多次和女儿谈心，但小意始终一言不发，将一切都藏在心底。

就在小意深藏着爸爸的秘密，在纠结中忍受着折磨时，一个周末的下午，爸爸的情人找上门来了。一个打扮入时的女人气势汹汹地敲着门，大吼大叫着："那个臭男人在哪里？他打算躲到什么时候？"小意的妈妈一看这架势，就明白了来者的身份。

小意的妈妈见对方怀着身孕，善良的她也不想跟对方争论什么，怕弄出什么事，只想快快把她赶走。但那女人大有不达目的誓不罢休的架势，小意想把她拽出门，可力气没那么大，情急之下，她扑上去抓住女人的手咬了一口，女人这才将扒着门框的手松开。一个小时后，小意的爸爸闻讯赶回家，面对女儿的质问，他脸上一阵红一阵白，"小娃娃不要管大人的事，你不懂。""大人就像你这样子？"女儿的话让他低下了头。

几天后是小意的生日，爸爸如约回家吃饭。饭吃到一半，小三的电话就打了过来："你再不回家，我死给你看。"他无奈，只得匆匆赶回去。看到离去的丈夫，小意的妈妈感到窒息和绝望，她冲进厨房，拿起一把水果刀，割破了自己的右手腕。小意进去看到这一幕，吓得脸都白了，哭着打通了爸爸的电话，恐惧地喊道："爸爸，妈妈割腕了，流了好多血。你快回来啊！"被两个女人威逼，小意的爸爸焦头烂额，他脱口说了一句："要死要活是她的事！"说完，便粗鲁地挂断了电话。

这句话让小意十分伤心，她拨打120将妈妈送到医院，医生给妈妈做了包扎。

回到家，小意的妈妈抱着女儿放声大哭，一直不停地说："我们该怎么办？这次你爸爸真的不会回头了。"看着悲痛欲绝的妈妈，小意对爸爸的怨恨也一点点被点燃，她拿出了自己掌握的证据说："妈，如果爸爸真的离婚，我们有这些，保证吃不了亏。"

得知女儿这段时间做的一切后，妈妈泪流满面，想到女儿小小年纪，却要和自己一起承受父亲外遇带来的伤害和疼痛，她对丈夫的恨也到了极点。愤怒的她未经考虑便拨打了丈夫的电话，把女儿掌握了他外遇证据的事和盘托出，并威胁道："你要是敢对我们娘俩不义，我们也不客气，让你什么也得不到。"

得知女儿调查了自己，爸爸惊出了一头冷汗，感情的天平也彻底倾向了小三。为了掌握主动权，他转移了自己的财产。看着父亲如此无情，小意十分愤怒，但暂时的困境并没有吓住母女俩，她们相互鼓励、信心百倍地要打赢这场婚姻保卫战。然而，就在这时，厄运向她们突然袭来了。

一天，正在上课的小意突然发烧恶心，脸色蜡黄。妈妈赶紧将她送到了医院。经过一系列检查，医生发现小意手、足、背都有浮肿，且比同龄孩子矮一大截，了解到她这几年一直没长高，医生对她进行了染色体检查，最终确定小意患了特纳综合征。这种病主因是染色体异常，诱因是长时间承受着巨大的压力。得这种病后，卵巢会停止发育，如果不及时治疗，身高会低于同龄人，乳房、生殖器官等也会停止发育。

"女儿，不要怕啊？"面对妈妈的哭喊，小意也跟着哭作一团。当时，丈夫已经接连两个月没再给她们母女生活费了。孩子重病袭来，却无力医治，小意的妈妈心乱如麻。按照医生的说法，小意的最佳治疗时间只有九个月，每一天都十分宝贵，而且治疗花费巨大，该怎么办啊？万般无奈的小意妈妈拨通了丈夫的电话，说出了实情。

一小时后，小意的爸爸回到了家里。他一把拉住女儿的手，伤心地说道："为什么不早点打电话给我？我再不好，也是你爸爸啊！"小意原本十分恨爸爸，但看到他的眼泪后，心就软了下来。当小意爸爸得知女儿生病的诱因后，更是悔恨交加，哭喊道："都是我造的孽，老天爷，你为什么不惩罚我？偏偏让我女儿得这种病？"他一再对妻女承诺："我就是砸锅卖铁，也要把女儿的病治好。"

这次，他兑现了诺言，他筹措资金，将女儿送到医院进行治疗。治疗期间，夫妻俩轮流护理女儿，这对一直不和睦的夫妻变得默契起来。

小意依偎在妈妈怀里，轻声说道："你们大人的事儿，我说不清楚。但我一直活在痛苦与不幸中。我生病后，想了很多问题，如果你和爸爸在一起老吵架，干吗非在一起？"

妈妈再度流下了眼泪，女儿正处在天真烂漫的年纪，却过早承担了这么多的思虑和包袱，这和自己婚姻经营不善脱不了干系啊！经历了这场劫难，她还有什么想不开的呢？自己和丈夫早就不相爱了，即便勉强生活在一起，也不会幸福的。想到这里，她含泪对女儿说："你什么都不要想了，只要你好起来，我答应你，和你爸爸好好谈，不再意气用事，不管怎样，你爸爸也永远是你的爸爸。"

选了一个风和日丽的日子，小意的爸爸妈妈去民政局办了离婚手续，和平分手。后来，通过反思，小意的妈妈意识到自己想要爱，但不会爱，只学会了冲突和争吵。其实，不需要改变只需要增加，增加爱的方式。她希望并相信在未来的家庭里自己可以学会爱。

如今，小意的病情得到了基本控制，医生说她的生长发育和常人基本无异，小意也流露出了孩子天真的一面。后来的小意对何山、天天说："等我病好后，我的梦想是当一名幼儿园老师，跟很多很多的小朋友一起玩耍，一定非常开心。"

何山赞许地看着小意说："你恐惧什么，你就吸引什么，你坚信什么，什么就会在那儿等着你。所有的选择都是为你此刻的状态准备的。"

何山觉得，命运给了这个聪明懂事的女孩太多磨难和不幸，所幸在她的努力下，爸爸妈妈都做出了各自正确的选择。两个没有感情的人勉强在一起也是种痛苦，但是他们对孩子的爱，将一直延续下去，这是为人父母最基本的责任和义务。

过日子，

没有不吵架的

结婚六七年了，何山和秦梅始终相敬如宾。在外人看来，这对半路夫妻相处融洽，从未见其红过脸吵过架，四目相对之间，也是有礼貌有教养地给予对方肯定和鼓励。

何山在结束第一段婚姻的时候，曾有过一段暗无天日的自我迷失与麻醉的日子。多少个醉得一塌糊涂的深夜，他边自嘲冷笑，边流着眼泪对扶着自己的哥们儿倾诉，那些痛得无法自持的挣扎与纠结，那些女儿还在膝下承欢的家庭欢乐。学过心理学的何山也深知，再怎么萎靡不振，终究要面对现实，终究要站起来勇敢走下去，过往的幸福与悲伤，也会随着时间的过去渐渐烟消云散。

有过一段失败的婚姻，何山不怎么相信所谓的爱情了，但他又不想余生几十年一个人孤独地度过，他也希望可以再有自己的下一代。带着这样的想法，何山慢慢走出曾经的桎梏，也为了让身边关心自己的长辈和亲朋好友对自己的现状和未来放心，他决意再为自己寻一个伴。对于这个伴侣何山也没抱太大的期望，他觉得自己不需要多喜欢这个人，也不需要人家多优秀，只要心灵上有个慰藉就好。于是，身边的人也都发现，何山开始敞开自己的心扉，去接纳和感受外界的柔风细雨、四季冷暖，试着去推开生命中的另一扇门。

直到他遇见了她。那是一个寻常的工作日，医院组织各科室负责人去参加市里举办的心理学论坛，许久未曾好好收拾过自己的何山，出门前鬼使神差地对着镜子小心翼翼地把胡子茬刮得干干净净，并翻出压在箱底的那套西装，用蒸汽熨斗认真抚平每一个小褶皱。

多年以后回想起那一刻，何山也说不清楚，自己为什么会如此郑重并放下自暴自弃的面具，也许冥冥中知道，不远处有人在等待着自己。

论坛现场座无虚席，当何山低头奋笔疾书记录着专家们发言要点的时候，一个温柔如水的女声吸引了他，他抬起头，看到一个气质端庄的女子。据主持人介绍，那位女子是业内颇有名声的心理医生，在市里多个公益项目里担任领头人，且取得了很好的反响。何山怔怔地看着她，有种似是故人的恍惚。

这是何山与秦梅的第一次见面，波澜不惊，却暗藏伏笔。

论坛结束后，何山站在会场门口有些挪不开脚步，看着秦梅踩着高跟鞋从他面前匆匆而过。秦梅也是一个有故事的人，与前夫感情不和，性情温和的她，本想着可以"一别两宽，各生欢喜"，却因争夺抚养权闹上了法庭。当曾同眠共枕的两个人对簿公堂，为了孩子的归属吵得面红耳赤时，秦梅内心下着漫天的飞雪，骨子里渗着刺骨的寒意。

因为工作的关系，秦梅和何山有了进一步的接触，一来二往之下，两个人开始了交往，且都是奔着再婚的想法去的。他们相处得很愉快，何山发现秦梅身上有很多自己喜欢的优点，秦梅也觉得何山就是自己想要找的那个人。虽然当何山缓缓道出自己和前妻的故事、女儿因疏忽走失的悲痛时，秦梅对眼前这个满脸沧桑的男人发出深深的叹息后，冒出了一种想要拯救他、给他幸福的使命感。

秦梅离婚后带着儿子天天一起生活，这个活泼聪明的小男孩，对成人世界里支离破碎的情感、鸡飞狗跳的闹剧或多或少也懂得一些，这些也如同一根刺插入他幼小的心灵。作为心理医生的秦梅，一直担心孩子会受这些事情的影响，也一直在尽着自己最大的努力，去减轻离婚风波带给儿子的负面效应。

何山和秦梅随着交往的加深，开始考虑组建家庭一起生活。让秦梅感到欣慰的是，何山和天天一日比一日相处得愉快，天天脸上的笑容也越来越多，再婚家庭最担心的问题，终究没有出现。

携带尘封的伤痕和对婚姻里温存的向往，何山和秦梅再次跨入婚姻殿堂。因担心曾经婚姻失败的悲剧再次重演，何山和秦梅在家里变得如履薄冰，事事都迁就着对方，尽量不去挑战婚姻的高压线。何山心里明白，很多夫妻过到最后，变得跟仇人一样，其实都是那些烦心事日积月累的结果。

而太迁就的结果就是，两个人相处起来就像神经里面绷着根弦，生怕因为柴米油盐酱醋茶的琐碎引起不必要的矛盾。他们在不知不觉中达成了一种共识：吵架最伤感情，是分手的利器之一，很多夫妻因小事吵架后就陷在了情绪里面，根本不去思考真正的解决方法，很多人吵着吵着就两败俱伤，分道扬镳。

新婚后不久的一个夜晚，何山加班回来很晚。走在小区的路上，漆黑的夜幕下，是寂静无声的世界，细碎的步伐踩着脚下的落叶，发出"沙沙沙"的声响。在急诊室忙碌了一整天，何山脑子里堆满了嘈杂无序的各种声音，身心都是疲惫。推开家门，他看到秦梅独自坐在沙发的一头，垂着头沉默不语。何山脱掉外套，走近秦梅轻声问她怎么了。秦梅不说话，泪水不断滑落，抓着裙角的拳头握得更紧了。

后来，从秦梅断断续续的叙述中，何山大致了解了事情的缘由。原来，上午秦梅的前夫去秦梅的工作单位大闹了一场，将曾经婚姻里的鸡零狗碎、矛盾争端添油加醋地对着秦梅的同事、领导大肆渲染了一番。秦梅在一旁气得发抖，柔弱的她不知道如何辩驳，这么多年来，她对于和他之间狂风暴雨式的吵架方式心有余悸，那恶狠狠的狰狞表情，那咄咄逼人的口气，实在是太熟悉了。那些气竭声嘶的怒吼和对骂，是秦梅记忆中的黑影，如一把锋利的尖刀，狠狠地刺在心里。

前夫扬扬得意地离去，留给秦梅的，是同事们的窃窃私语。秦梅含着泪，直勾勾地瞪着那个她恨之入骨的背影，咬牙切齿。愤怒、受伤、困惑等情绪，一一涌上心头。为什么明明都离了，他还不放过自己？还没完没了地纠缠在那些毫无意义的往事里？秦梅知道前夫心里不甘，他想要儿子的抚养权，他觉得离婚协议的天平没有向自己倾斜，他一时还适应不了离婚后的独身生活，他想拥有从前有人温床暖饭伺候着的舒服日子，然而这一切早就结束了。

秦梅明白，从心理学的角度来说，当一个人带着这些情绪和对方接触的时候，就像点燃的油桶一样，很可能会无法控制自己的情绪，说一些自己本来不想说的话，做一些疯狂的事，进而伤害到对方。

何山知道秦梅过去那段婚姻的是是非非，只是他没想到，到了今天她的前夫还用这种极端的方式去处理彼此已经分崩离析的关系，让对方成为茶余饭后被人八卦嚼舌根的对象。让人恐惧和愤怒的是，他卑鄙龌龊的小人行径已经"小有成效"，秦梅已经对这种精神折磨感到崩溃了。

秦梅不住地饮泣，何山不知道该怎么安慰她。这些压抑着的悲伤，滞留在秦梅的体内，如同被笼子锁住一般，卡在某处暗自滋生发芽。如若没有正确地释放，会以其他形式表现出来，可能会让她进入更深一层的无法自拔之中。作为她生命中的重要男人，何山不可能就这么袖手旁观，坐视不理。护她余生的周全，给她最安稳的屏障，这是他对她的承诺，也是他的责任，因此他不能眼睁睁地看着心爱的她被前任恣意践踏，他要想办法去破解这个局面。

趁着秦梅洗澡的工夫，何山偷偷从秦梅手机通讯录上抄录下了她前夫的手机号码。他决定约那个男人见一面，两个男人正面对决，总比秦梅单枪匹马地面对渣男好得多。善良单纯的秦梅，哪里是这个心思复杂、世故圆滑的男人的对手。

三天后的工作日中午，他们在医院附近的咖啡馆见面了。因为上午交班比较早，何山提前到达了咖啡馆，他定定地看着眼前的那个冰滴咖啡机，一杯冰滴咖啡，一般要以十秒七滴左右的慢速滴滤，所以要喝上一杯冰滴咖啡要花上数小时。这如同最好的感情，文火慢炖，不急不躁，总能熬出香稠的美味。彼此眼里更珍视可贵的特质，忽略那些无伤大雅的细节，就不会在纷争矛盾中将感情消磨干净。

愣神的工夫，一个穿着长风衣的男子风风火火地推开门走进了咖啡馆，气势汹汹地走到何山面前坐下，眼神轻蔑地掠过何山的脸，不耐烦地说："我说大哥，我知道你是秦梅的新老公，你约我出来有什么事要讲呢？有事儿直接说事儿，废话少说，别耽误我时间啊，我没那么多工夫。"

何山一口气将半杯加了冰的摩卡一饮而尽，让冰爽的口感清醒下头脑，然后缓缓对秦梅的前夫说："你看过日本电影《爱妻屋老板》吗？"

对方纳闷地看着何山，心想这个人葫芦里到底卖什么药？专门约自己出来，就是聊电影的吗？

何山不理他，接着讲这个电影。男主是一家公司销售组的小组长，他有一个老婆，特别体贴温柔，他们的感情很好。然而，随着男主的工作越来越忙，回家也越来越晚，甚至经常不回家。妻子好容易等他回来找他聊天，却被他拒绝，妻子很生气。而男主在外奔波一天，也是万分的劳累，于是就和妻子吵了起来，妻子说了一句，你根本就不了解我后，转身走进了厨房。没想到，这竟是他妻子的最后一句话，他的妻子心脏病突发，死在了厨房。

妻子死了之后，男主万分自责，每天都处在懊悔中，在这样的心态下，与客户的合作也没有谈拢，于是被老板解除了小组长的职务，并放了他一天假。于是，男主就坐车回家，在公交车上他看到有一对老年夫妇在秀恩爱，不禁又想起了自己的妻子，万分伤心的他陷入了回忆中。等到他被叫醒的时候，发现自己竟然在公交车上睡着了，还坐到了终点站。他本想再坐车回家，可没车了，想打电话，电话也找不到了，于是只好自己走着回去。

在回家的路上，他看到了一家名叫"爱妻屋"的店，男主想要借一部电话，于是便进去了。他看到店里有各种各样的仿真机器人，店主告诉他，这里面的机器人和真人没什么区别，如果没有妻子的话，可以买一款。男主看到了一款和妻子很像的机器人，于是就买了下来。买来的机器人洗衣、做饭、打扫，样样精通，男主给机器人买了一件新衣服，机器人笑得很开心，这让男主感觉自己又找到了人生的方向。之后的生活仿佛也变得顺遂起来，上司决定给男主一个机会，重新让他担任小组长，并且将一个大项目交给他谈。男主事业和爱情双丰收，感到人生充满了光明，于是工作更有干劲，得到了接连的提拔。

可男主因为工作忙，回家的次数少了，机器人脸上的笑容也越来越少了。有一天，机器人做了一桌子的菜，打电话问男主晚饭回不回来吃，男主说要去见客户，但应该会回来吃晚饭。于是，机器人就一直等着他，结果男主十一点才醉醺醺地回来，机器人不高兴地说："你根本就不了解我。"男主一听，感觉这句话似曾相识，可为时已晚，机器人已经一动不动了，任凭男主怎么呼唤，都不再动了。男主突然被惊醒，发现自己在公交车上，原来刚才那些都是黄粱一梦。男主看了看妻子残留的白发，不禁后悔万分。

秦梅的前夫盯着何山的眼睛说："你和我说这个故事，到底想表达什么？"

何山说："这听起来有些匪夷所思的剧情，在告诫我们一些道理。中年危机和七年之痒困扰了多少家庭，为了生活，人们匆匆忙忙，很少有机会好好沟通和思考。匆忙地活着却来不及反思自己，我们是不是都在不知不觉中辜负了那些爱我们的心意呢，来自父母的、姐妹的、兄弟的、妻子的、丈夫的。我们都知道近在身边的人最重要，可偏偏又最容易忽略，如果永远是失去了才懂得珍惜，才知道后悔，那未来只有无尽的悔恨与泪水在等着自己。电影中的这个男人，因为忙于工作而疏忽了对妻子的陪伴，我想他肯定在孩子成长的路上，也是缺失的，在父母渐渐衰老的路上，他应该也是缺失的吧。"

何山的话让面前的这个男人陷入沉思中。

何山又继续延伸话题："在你们过往的那段婚姻里，你们不断争吵。你们两个都是个性很强的人，你总是抛出狠话攻击对方，攻击对方最不愿意去触碰的短处。有些连秦梅自己都不愿意去提起的事，却被自己的丈夫以吵架的形式骂了出来，你让对方如何想，如何不伤心。攻击对方的最短处，伤害的不仅仅是彼此的感情，还有对方的自尊，即便两个人和好，也会留下阴影，很难有真正的幸福。"

秦梅的前夫点点头，缓缓地说："是的，是秦梅一直忍让着我，直到有一次，我们吵架吵到最狠时，我大骂秦梅，说她配不上自己。秦梅没有回应，只是默默地转身收拾行李，离开家时只对我说了一句话：'有些话是不能说出口的。'"

直到现在，他才发现自己的问题：所有的恐惧源于自己的能力不够，没有收拾残局的能力，就别放纵善变的情绪。

两个男人又继续聊了堆积已久的心结，以及这段日子他们三个人的心路历程，越聊越心平气和。何山到底是学过心理学的，虽然不及秦梅专业，但毕竟他是那个十分了解他们之间的故事、却不是局中人的角色，所谓旁观者清，他有着充分的发言权。最后，前任和现任竟然真的握手言和。

夫妻之间吵架是难免的事，极少有夫妇常年生活在一起不吵架的，就像舌头和牙齿虽然离不开，但牙齿依然会有咬到舌头的时候。

其实，在爱面前，不是我们做对了什么和赢了多少次，而是有人在背后的爱与包容。很多夫妻并不是真的想吵架，有的人是想借着吵架来唤醒内心更深层次的需求，有的人想通过吵架来获取对方更多的重视，也有的人是突然的情绪不稳定并非是对对方不满。

外面又下起毛毛细雨来，天色出奇灰暗，何山踏着轻快的步子，朝着回家的方向走去。在何山眼里，黄昏中的夕阳，它的光芒，它那柔和又充满希望的光芒，是最美丽和璀璨的。这个时候的何山，很想第一时间跑到秦梅的面前告诉她，自己心里的所思所想。

是的，婚姻就像一盘棋，懂棋的人能够让婚姻多姿多彩，而不懂棋的人，则会让婚姻满盘皆输。该退的时候你就要退，不然就是被吃掉，该进的时候还是要进。

在爱面前，

不是我们做对了什么和赢了多少次，

而是有人在背后的爱与包容。

第五章

亲子：

孩子身上有你的投影吗？

叛逆，
就像青春痘

秋天最后的落叶从枝头飘落下来，轻轻落在了地上，貌似诉说着大自然的寂寥与萧条。整个城市笼罩在茫茫的灰霾中，严寒的冬天，亦步亦趋地走近了。

严芳芳急促的脚步声回荡在这栋楼的走廊里，今天预约安排的疗愈案例有三四单，都是当事人遭遇了比较严重的心理问题，亟须解决。走廊的尽头，一个焦灼不安的中年女子正在心灵疗愈工作室门前来回踱步。她青丝凌乱，一身朴素的打扮，与素净标致的脸蛋不太相配，很难判断出她的实际年龄。只见她深锁的眉宇间，满满的惶惶不安，发黑的眼圈红肿，像是哭过了许多回，层层的血丝透着极度的疲惫，让人不禁为之心疼。

严芳芳热心地走上去问道："大姐，您这是怎么了？有什么问题需要我帮助呢？"女子沉沉地叹口气说："妹子，那我就开门见山了。我姓杜，大家都喊我杜姐，今天我专门来找你，是听朋友介绍，说你在解决心理问题方面有自己的一套，也帮助了不少人。是这样的，我那14岁的儿子，最近这段日子可能是处在叛逆期，天天只知道上网，处处和我对着干，一点儿不如意不顺心就甩脸色给我看，还一言不合就离家出走……"

从杜姐的口里，严芳芳意识到她儿子问题的严重性。重点不在于只是发发脾气，不听话顽皮，而是孩子网瘾严重。染上网瘾的背后，肯定是孩子出现了心理问题。杜姐也说不出个所以然来，严芳芳决意，亲自去会一会这个孩子，走近他的日常生活，来了解分析他的问题所在，从而找到打开他心结的那把钥匙。于是，她和杜姐相约了再见面的时间。

在周五的放学时间，严芳芳和杜姐来到了杜姐儿子小顶所在的学校门口。这家私立学校，在市里算是数一数二的，多少人削尖了脑袋都很难挤进去。为了孩子能顺利跨过高考这一关，杜姐和丈夫也付出了很多，对于一对工薪阶层的夫妻而言，也算是透支了家庭的经济。

不知怎的，严芳芳突然想起了心理学研究中那段著名的结论，焦虑都是源自对事件的不确定性。具体而言，对于那些已经发生的事情，结果自然是确定的，我们便不会担忧潜在的危险，而对于那些不太确定的事情，我们会在脑海里不停地猜想可能发生的后果，进而感到焦虑、不安，难以专心做好眼前的事。

学校门口熙熙攘攘，铁栅门前里三层外三层围满了来接孩子回家过周末的家长。这里周一至周五实行的是全封闭式的管理，高中生们只有周末才能回家。等待的家长们热火朝天地讨论着自家孩子的学习情况，以及学校班级的小八卦，不亦乐乎。

放学铃声响起，一群群孩子结伴走出，杜姐一眼就看到了自家儿子，她兴奋地挥动着双手喊道："小顶小顶，来，妈妈在这儿！"一个高高瘦瘦的孩子循着话音望向这边，白嫩的脸上泛着几分慌乱，黯淡的眼神飘忽不定。杜姐急忙走上前，一把拉住孩子的手臂说："小顶，我给你介绍一下，这位是芳芳阿姨，今天专门来看你的。"小顶冷冷地看了严芳芳一眼，淡漠地点了一下头，一句话也没有说。严芳芳不禁想：这个外表如冰的小男孩，内心到底藏着什么样的桎梏呢？

严芳芳带他们来到了自己的工作室，她想先单独和孩子谈谈，了解一下他的心路历程。

真正能困住一个人的，往往不是钢铁铸就的牢笼，而是心中矗立的高墙。走进工作室的疗愈室，严芳芳轻轻合上了门，把窗帘关闭，让小顶坐在舒服的软沙发上休息。孩子半倚在沙发靠背上，看起来疲惫至极。严芳芳试着从轻松愉悦的话题开始说起，慢慢解除孩子的戒备，建立彼此之间的信任。严芳芳给小顶递了一杯饮料，小顶接过来后就欢快地喝了起来。

终究是个孩子，在面对在乎自己对自己好的人时，或多或少会敞开心扉。严芳芳感觉很欣慰，在小顶放下武器、放弃斗争的一刹那，疗愈就已启动。从不同的角度来看他，给他不一样的微笑，此刻对他来说，你是一朵花，而不再是一根刺，他发现这一点后就轮到他放下武器了。

和平始于自己，和解从自己开始，疗愈也从自己开始。严芳芳慢慢了解到，小顶小学至初中的成绩非常优异，那时的他不仅是父母的骄傲，还是老师乃至校方的荣耀。然而，进入高中后，他的学习成绩逐步下降。成绩不再拔尖的小顶不再被老师和同学奉为榜样，连一向以他为豪的母亲，也开始劈头盖脸地训斥他，认为是他的贪玩导致了学习成绩下降，甚至再也不让他在小区玩了。

受到冷落的小顶内心压抑苦闷，开始沉迷网络，他觉得只有在虚拟世界里才能感觉到自由。在学校时，他常常逃课去网吧，有时候一个星期有一半的时间都泡在网吧玩游戏，即使身在课堂，也是埋头写写画画，游戏里的装备属性可以徒手画出，老师讲的知识点却一个也记不住。甚至周末回家也会趁爸妈不注意时溜到网吧上网，一而再再而三，沉溺其中，无法自拔。他迷恋游戏里那种畅快淋漓的感觉，可出了网吧，空虚感又会占据他的全身。游走于虚拟世界，小顶开始迷失自我，与现实世界产生隔阂。

让小顶倍感痛苦的是，周末他回到家，妈妈高压式的管制让他抓狂，不仅收走他的手机、每个月的零花钱减半，还紧盯他的行踪、限制他的自由，让他感到近乎窒息的压力。更过分的是，妈妈还时不时地查看他的短信、日记、微信、QQ等聊天记录，让他觉得自己完全没有空间和自由。严厉的管制加速了孩子的叛逆，母子间频频发生激烈的冲突，每次见面都像引爆了炸弹。小顶开始厌恶这个家，见到妈妈避之不及，也越来越封闭自己。

你若不走向光明，就会被黑暗吞噬。

孩子沉迷网络，不仅会耽误学习，还会使人消沉，久而久之还会影响孩子正常的认知、情感和心理定位，导致人格的偏离，甚至发生其他令家长意想不到的后果。严芳芳和杜姐说，叛逆也有正面意义，孩子或许想通过叛逆挣脱束缚、拥有自己的空间，或许孩子只有在游戏里才能找到成就感和荣誉感，抑或是把网络当成对抗父母的工具。转变孩子不是一朝一夕，需要一个过程，需要父母有耐心，需要看到父母和孩子建立一个恰当的、彼此认可的亲子模型，也就是需要改变或寻找到适合孩子和家长相处的新的方式。

高一那一年，小顶家的日子基本是在硝烟弥漫中度过的，一家人都带着长长的尖尖的刺，互相倾轧，恨不得将对方刺得鲜血淋漓。高二的第一天，小顶就没有去上学，而是玩了一整天的游戏。后来，爸妈知道了，他妈妈把他领回家狠狠揍了一顿，这让爸爸很是心疼。小顶觉得，爸爸平时总是很包容他、理解他，看到爸爸无能为力的样子，他深受触动，开始反思自己是不是做错了，给爱自己的人带来困扰。于是，他有所收敛，不再通宵流连网吧。

时间过得很快，一次机缘巧合下，杜姐接触到了一位用绘画改变了人生的网瘾少年。那个少年是小区新开的那家画室里的美术老师，他笑着叙述了自己高中时代的成长故事，杜姐惊讶地发现，竟然和小顶的情况很相似，也许这是拯救他的一线生机，她赶紧联系了严芳芳，把自己了解的事情和想法一一告知她，想征求严芳芳的意见。严芳芳也觉得这是个可行性挺强的方式，她记得杜姐曾经提过，别的同学书上都是课堂笔记，而小顶的书上都是自己的涂涂画画，一上课，他就沉浸在自己的绘画世界里，也许可以透过画作，去深入洞悉他内心的真实想法。

杜姐偷偷拿来了小顶放在抽屉里的画作，严芳芳提醒她，不经孩子同意私自窥看或拿走他的东西是不尊重孩子的表现，需要给孩子留有自己的空间。杜姐点点头说："是的，你说的很对，我下次注意。我只是心急，想了解小顶心里到底在想什么，他有什么不满，或者说我可以做什么，来帮他慢慢改变……"

绘画疗法对于小顶来说，能够利用线条和色彩来理清他的思路，把无形的东西有形化，把抽象的东西具体化为心理意象，也能让严芳芳得到足够多的真实信息，来为小顶进行分析治疗，以便对症下药。画作本身是小顶表达自我的载体，小顶沉浸在想象中，用绘画表达他想象中的世界。

严芳芳拿起一幅画，仔细揣摩着画的主题和寓意。这幅铅笔画，画的是一朵盛开的生命之花。严芳芳对其的解读是，凤凰涅槃，向死而生。这代表了新生的力量，如同婴儿新生一样，一切重新开始、从头再来。这样一来，严芳芳心里有数了，她拿过一张纸，寥寥数笔就将她认识到的小顶的心理曲线画了出来，这样可以更清晰地呈现出问题的关键。

杜姐听着严芳芳专业的分析，深以为然。严芳芳从一个 G 点指向另一个 G 点，详细分析道："在人的成长途中，叛逆就像一颗潜伏在孩子身体里的可以自然萌生的种子，随着孩子年龄的成长它蠢蠢欲动。孩子慢慢长大，他们渐渐有了自己的思想，有了独立的行为和意识，他们渴望被成人的世界认同，渴望挣脱父母的双手去探索世界的各种奥妙。他们想要主宰自己的生活，成为自己人生和生活的主人。然而，这样的渴望往往很容易被父母封杀，因为在父母的眼中，他们是永远长不大的孩子，父母总会过早为孩子的人生和生活做出他们认为理想的规划，为孩子选择他们认为正确的人生道路，并且要求孩子按照他们的意愿生活，活成他们期待的样子。于是，冲突出现了，叛逆开始了……"

现在，一心想好好学习绘画的小顶，渐渐意识到，自己之前是多么的堕落，自己的不争气，深深地伤了父母的心。他忍不住扪心自问："回首过去这近两年的时间，我得到了什么呢？每天昏昏沉沉，穿梭于网吧和游戏厅之间，还要跟老师和父母斗智斗勇，快乐只是暂时的，压力、疲惫和迷茫甩都甩不掉。仔细想想，除了身心俱疲，好像一无所获，难道这辈子就这样颓废地活着？"

小顶还坦诚地告诉严芳芳："从高一到高二，我仍然是老师们眼中公认的无可救药的差生，是邻居嘴里碎碎念的反面教材，也是父母日夜难寐的烦恼所在。这些也成了我内心最想逃避的痛，对于我的未来，所有人好像也都不再抱有希望和期待。"小顶抱着双肩继续喃喃自语道，"我的未来在哪里，那么久我都找不到方向。我只知道，除了打游戏，画画是唯一能让我快乐的事。从小到大，很多事我都是半途而废，只有画画，是我唯一真正热爱且坚持下来的，即使在爸爸妈妈和老师同学的嘴里它叫'不务正业'。"

打开了心门，所有失去及丢掉的那部分都会转换成另一种方式回归。从那以后，他开始了真正的蜕变，让杜姐和严芳芳感到分外欣喜。为了克服网瘾，小顶开始画漫画，他专注在漫画的世界里，几乎把所有的时间和精力都用在了画画上，对网络的注意力自然也就分散了。为了把画画好，小顶有时每天只睡几个小时，经常画到忘我。终于，功夫不负有心人，这个倒数的差生迎来了他的逆袭，最终收获了一份国内知名美院的录取通知书。

大多数人的情绪、行为问题背后存在着相似的习惯性思维。只有通过不断反省，放下已有的东西，我们才有机会吸收和接纳新的东西，这也像死去和重生。不光是小顶，还有杜姐，他们的内心都需要重建。而通过深入改变认知，可以解决情绪、行为背后的隐含诉求，从而进行内心重建，把自我升级。

找面镜子，

想想自己

如果在你面前有一面镜子，你敢不敢站在镜子前，去见十年前的自己，寻找自己的初心？这面镜子就是你的时间线，过去、现在和未来的自己。

夜晚越发深沉，漆黑的天空无比纯净，泛着蓝，像一块柔软的天鹅绒，星辰如无数散落在天鹅绒上的钻石，闪烁着微光，与弯弯的月牙相互辉映。

"啊，不要，不要走！"秦梅尖叫着，从噩梦中惊醒，不停地喘着粗气，手紧紧地抓着床单的一角握成拳，从发际到脊背，全被汗浸透。身旁的何山被吵醒了，急急伸过手来抱着秦梅，轻轻拍拍她的背，温柔地轻唤："梅儿没事没事，你只是做噩梦，别害怕，一会儿就好了。"秦梅靠在丈夫的胸膛上，手捂着起伏的胸脯，慢慢镇定下来。

"能不能告诉我，你都梦见了什么？"

"我……我在梦里，见到了十年前发生的许多事。我去医院打掉的那个孩子，我看见了他已经十岁的模样。他面目狰狞地指着我，大声责怪我当年残忍地舍弃他，如今他的魂魄还在流浪天涯，到处游荡，到了哪里都被人欺负，不得安生。他怨恨我、诅咒我，说是我害得他死不瞑目……"

秦梅颤抖的声音，在这个寂静无声的夜晚，显得特别惊悚。何山有种不寒而栗的感觉，同时他也感到疑惑，为什么时隔那么多年，秦梅会突然想起这件事呢？何山也深知，这件事情对于年轻时乃至现在的秦梅来说，是一个难以摆脱的梦魇，在她的潜意识里，存在着对某个情景的恐惧感，没法摆脱不安的情绪。

起因还得从今天上午说起。上午，秦梅接诊了一个二十七八岁的女子，这名女子坐在秦梅面前，表情惴惴不安。她谈过许多场恋爱，失恋一次沉沦一段时间后，又好了伤疤忘了痛一般，开始一段新恋情，且剧情和结局都相似。兜兜转转许多年，她始终不能发展出稳定的亲密关系，一方面身边的亲朋好友特别是父母双亲催促，不断施加压力，另一方面自己也遏制不住沮丧，情绪相当不稳定。此番来医院就诊求助，也是妈妈敏锐地发觉了女儿的不对劲，担心孩子会一时想不开，所以希望借助专业人士的力量来帮助她解决心理问题。

秦梅心里琢磨，光是失恋分手，不足以让一个正值盛年的女孩有这么消极的想法，背后肯定深藏着不愿让外人知道的隐情。秦梅是心理界久经沙场的一员老将，她想如果单刀直入地去问，女子未必愿意倾诉。于是秦梅改变了方式，将治疗师的角色转换成知心姐姐或朋友的角色，先聊家常，拉近彼此的距离。慢慢地，女子僵硬的身体放松了下来，以舒服的姿势，斜斜地靠在椅子上。

后来，她们像一对久别重逢的闺蜜般，你一言我一语地细聊，从自己的家乡聊起，说起自家的父母，都不约而同感觉到了共鸣。聊起感情经历，秦梅关切地问她对于未来归宿的想法。女子敞开心扉，谈起了以往的关系，她说她曾有过多次堕胎经历，还逐一排列出了几个堕胎的孩子和他们的父亲。

秦梅所在的科室接触过不少这样的案例，几乎所有堕胎的女性都有很多理由：现在工作很重要、还没准备好要孩子、这是计划外怀孕、吃药了怕生下来的孩子不健康、婚外怀孕……但是几乎所有的堕胎女性都有罪恶感，堕胎真正的受害者——被牺牲的孩子没有得到尊重与关爱，这在潜意识里会影响男女双方的生活。你会不知为什么不快乐，不知为什么男女双方的感情不如以前好了，夫妻生活亮了红灯。

然而，这一次特别不一样，这个女子的心路历程让秦梅有种莫名其妙的熟悉感和代入感。秦梅仿佛感觉自己被旋风卷入了时间的隧道里，所有不堪回首的过往裂成碎片扑面而来，撞击到心上，有种隐隐作痛的感觉。人最难看清的其实是自己，每个人都有自己的灰色回忆，有的能弥合，有的能寻回，大多如入黑洞，要不就是万劫不复，要不就是柳暗花明，要不就是"行到水穷处，坐看云起时"。有的人终其一生，走不出迷局胡同，寻不到解开自己心结的那把钥匙，抵达不到豁然开朗的彼岸。

看着女子陷入自责懊悔的情绪中，秦梅静静地对她说："每个堕胎的父母，要放下所有的辩解，真心地对自己的孩子说一句，失去你我很抱歉，但我心里有你的位置，我很爱你。你要懂得如何面对心中的内疚并表达，不是放过别人，而是放过自己。有多少妈妈让自己过得不幸福，去折腾自己，去平衡堕胎的罪恶感。我们要去寻找真相，真相的力量会让父母完整，让孩子平静，让一个家庭和谐，让我们的社会更和谐。"

医者不自医，有着同样心结的秦梅，何尝不清楚自己的症结所在，又何尝不知道应该怎么解慰自己。但专业人士作为局外人，可以冷静去处理；当自己身处其中时，谈何容易！她不由自主地回忆起十年前。

十年前，她从医科大学研究生毕业，没多久就被分配到市里这家三甲医院。在大家眼里，她是一个胸无城府、内心纯净无瑕的实习生。学校安排她和同学们一起到对口的医院实习，她虽然研究生学的是心理学，但本科学的是临床医学，因此好学的她向院里申请，实习期和临床医学的学生们辗转于各个科室。

那段日子是极其充实和快乐的，秦梅亲身感受到医护人员喜怒哀乐的同时，也收获了很多感悟。第一次观摩手术，第一次上手术台，第一次缝合，第一次值夜班……在实习当中经历过许许多多的第一次。这些不仅让她体会到了这个行业的冷暖，还坚定了成为医生的信念。也是在那时，她遇见了自己的初恋。

那时，秦梅轮值到外科，负责为外科手术病人进行清理和换药的工作。有一次，她被安排给一位接受外科手术的老奶奶换药。医生前辈指导秦梅说："这个手术是十二指肠切除术，对一位七十多岁的老奶奶来说，创伤非常大，所以在换药的时候一定要倍加小心，最大限度地减少她的痛苦。"秦梅认真地听着。

换药的时候，老奶奶笑嘻嘻地安慰她："你大胆操作吧，只要做好消毒就好，不要紧张。"还多次表达感谢，"我真的特别感谢你们，给我做手术，帮我换药，特别辛苦。"看到老奶奶逐渐康复的身体以及对医护人员由衷的理解，秦梅感受到了无可替代的、强烈的幸福感和成就感。

这位慈祥温暖的老奶奶，给秦梅留下了深刻的印象，接下来的日子，她格外留意老奶奶的病情，每次闲下来都会特意来到老奶奶的床前，陪她唠唠家常，讲讲小笑话，逗老人家开心。几乎每次她来，都会发现一个和她年龄相仿的年轻人在病房照顾老奶奶。从老奶奶口中，秦梅知道了这个年轻人是老奶奶的长孙，名叫启零，在市里一家建筑设计院当设计师。另外，老奶奶还有两儿两女，分别在国内国外的几个城市定居，不方便一直照顾她，只好由孙子一直负责照顾她。

这个高高瘦瘦的年轻人，带着一股书卷气，他戴着细框的黑边眼镜，举手投足间有种说不出的风雅。他常常趁奶奶睡着时背对门口，独自坐在病房的窗前，对着窗外的街景静静地看书。好几次，端着换药的工具推开病房门的秦梅，情不自禁地看着他的侧影发呆，她觉得，这个情景好像在梦里见过，这个人似乎上辈子曾与自己擦身而过。

老奶奶住了十天的院，临出院前，主治医生给她做了一个非常详细的全身检查。谁知，就在要出院的那天下午，老奶奶突然脑出血昏迷不醒，谁也说不清早上还好端端坐在病床上看电视的她，怎么突然变成了这样？秦梅脸色凝重，检查报告显示，老奶奶血压、血糖一直不稳定。而突发状况的原因，只有启零知道。

其实，早在手术前，老奶奶的儿女们就已经为了医药费、护理费、营养费起了争执，纷纷打电话投诉对方，搅得老奶奶心神不定，甚是厌烦。手术后，看着懂事的孙子放下忙碌的工作忙前忙后，不怕脏不嫌弃地给她擦身换衣，不眠不休地照顾她，心里暖暖的，总算有了一些安慰。

出院前，谁知道清晨一通电话，吵醒了正在睡觉的老奶奶。电话里，大女儿气势汹汹地要求老奶奶出院后立马分家，她要和弟弟妹妹们分割清楚财产，然后老死不相往来，否则的话就死磕到底。刚安抚好大女儿，小儿子的电话接踵而至，当律师的小儿子在电话里气急败坏地痛斥了一番哥哥姐姐，然后埋怨老奶奶，要求老奶奶公正处理财产，绝对不能有私心，否则大家就法庭上见。接下来的二女儿更是声色俱厉，直接说自己已买好了机票，要和姐姐弟弟见面开撕，绝不妥协……

一场骨肉手足相残的闹剧即将上演，老奶奶顿觉浑身发冷，颤抖着挂了电话后，一个人怔怔地发呆。她感觉自己没法去面对这个真相，回到家，亲情撕裂的残忍就会血淋淋地展现在她面前，无从躲避。她想到，孩子们都是自己一把屎一把尿拉扯大的，手心手背都是肉，今天这个局面，让她很痛心。但事已至此，病恹恹的她又无力改变眼下的困局，越想越难过，头痛欲裂，还不时地感到恶心、想吐，血流用力往脑门上冲，老奶奶支持不住晕了过去。

启零急得不知所措，秦梅拍着他的肩膀不断安慰他。老奶奶被送进了抢救室，分秒必争地进行着救治。手术室外，启零垂头抱肩低声哭泣，身旁的秦梅懂得他的无奈与悲痛，在长达四个小时的抢救过程中，他和她的手一直紧紧地扣在一起，不知道什么时候开始，秦梅觉得，她与他的心已经连为一体了。

老奶奶被抢救过来了，启零开心得像个孩子，抱着虚弱不堪的奶奶大哭了一场。只有秦梅能体会，因为太害怕失去，人变得特别脆弱无助，到底是一种怎样的状态。因为这份理解，因为在对方身上看到自己的影子，他们很快相爱了。恋爱的日子，连空气都变得香甜，秦梅像只快乐的小鸟，哼着歌忙碌在医护一线的工作岗位上。初尝爱情滋味，她甘愿为这个人不顾一切，付出自己的所有。最后，在一个呕吐不止的清晨，她发现自己居然怀孕了。

年轻的秦梅方寸大乱，第一个反应就是自己还没有结婚，觉得条件也不允许，毕业后的工作还没安顿好，没有经济能力，两边的长辈也没有可以帮忙照顾孩子的，生了孩子会是个负担，自己承担不起，内心十分抗拒。以至于在工作的时候恍惚走神，被主任批评了好几次，秦梅才顿时清醒，与其这样纠结下去，还不如快刀斩乱麻，当机立断快速解决。

每当她路过妇产科，听到别人说生孩子的话题，她就想要躲开，不敢听也害怕听，听到后就想发脾气。那时，因为对这个胎儿的去留意见不统一，秦梅与启零的争吵不断，两人的关系也开始变淡。后来，秦梅独自一人去了市里的另一家医院，按流程做完妇科一系列的检查后，她安静地躺在了人流的手术台上。尽管注射了半麻醉的药,她仍然能清晰感觉到体内冰冷尖锐的手术器械割裂那个与自己身体连为一体的肉团时的细碎痛楚,那种痛蔓延至心里……

虽然这个决定是自己做的,但内心柔软的她,还是有许多的不忍和不甘。眼泪顺着脸颊不住地往下流淌,她知道,这个孩子彻底与自己无关了,他还没来得及看看这个美好的世界,而她又有什么资格去决定他的去留、他的命运?她恨恨地想,自己就是一个冷血的刽子手,亲手杀害了自己的亲生骨肉。

流产手术是一个小手术,很快就结束了。秦梅虚弱地躺在手术床上,麻木地任由护士将她推回病房。三天三夜,七十二个小时,她拒绝进食喝水,就瞪着眼睛看着天花板一闪一闪的白炽灯,时而笑着时而干哭着。她感觉她的眼泪已经枯竭,这个时候,她多么希望亲爱的启零可以来病房看看自己,但她知道这不可能了,因为在入院前最后一次的激烈争吵后,他们分道扬镳,疲惫的争吵让这个男孩厌烦至极,他祈求般地对秦梅说:"秦梅你知道的,我长期被家里各种争吵折磨得奄奄一息,所以我太讨厌和你也要这样相处,我受够了,放了我,好吗?在你的人生里,不是你经历了什么,而是你留下了什么,你把我们的孩子舍弃了,我们就一无所有了,分手吧。"

一晃秦梅已经35岁了,不愿再去想往事了,那些伤痛应该早就埋进土里,烟消云散了吧。如果不是这次接诊的个案触动了自己,秦梅的反应不会如此过激。

何山从秦梅的口中了解了事情的来龙去脉后,唏嘘不已。倾诉内心也是一种疗愈,在何山的宽慰和鼓励下,她懂得了曝光潜意识中的"小黑屋",点亮一盏灯后才能看到经历带给你的智慧,她打开了多年冰封的心,觉得轻松了很多,觉得内心开始变得有力量,觉得可以面对噩梦中的自己,并再次真切地感觉到我们应勇敢地面对过去,看到正面的力量,没有了牵绊才能更有力量地带着当下的你走向未来。

孔子曰："其身正，不令而行；其身不正，虽令不从。"何山觉得，往事就像一面镜子，把自己的内心照得一览无余，这面镜子中，有好、有坏、有欢喜、有忧愁，但不管是好是坏，照镜子的人才是这一切的源头。

时间，

会帮你照顾一切

　　早已过了下班时间，何山还在埋头整理今天的医案。每天来来往往的患者，让何山对生命的无常悲喜有了更多的敬畏，对生活的浮沉离合有了更多的理解，对人性更是有了更多的思辨能力。他觉得，自己在不经意间，伤口愈合的同时，内心也变得强大，能够有能量去面对更多不同的个案。

　　同事们渐渐走光了，何山依然独自坐在空荡荡的办公室里。人潮声慢慢褪去，一束黄昏之光穿过透明的玻璃窗，安静地躺在暗红色的地板上，抚平了这个城市的最后一丝躁动。太阳被群山渐渐包裹，最后连一丝光亮也被吞没，只剩下天边一丝晚霞。

秦梅来了几次电话催他回家，说今晚她特意提早下班买菜做饭，给何山准备了他爱喝的老火汤，何山这才从妇幼保健院的办公楼上下来。在走廊的一角，何山看到一个瘦弱的年轻人背对着入口，对着窗户僵硬地站着，他的肩膀不住地颤抖，头微微低着。何山路过他面前，正准备拐进走廊时，身后传来断断续续的抽泣声。

　　何山轻轻转过身，故作轻松地问："兄弟，你是遇到了什么不顺心的事吗？可以和我说说看。"年轻人抬起头，看着远方的天空，喃喃自语道："我想辞职，不想去上班了，感觉活着横竖都是桎梏。我讨厌热闹，在人群中会不知所措，也不愿意和周围的人深度交往。在公司，对同事下属的付出也是停留在表面，我害怕对同事付出太多，有一天失去这份情感后会不知道该怎么面对，对待感情亦是如此纠结，所以很难得到好结果……"

　　"这种状况有多久了？"何山直奔主题问道。男子似乎还陷在自己的情绪里，自言自语道："十年了，我从不曾放下过。我心里很恐惧，不管对人还是对事，表面上我是一副漠然处之的态度，其实内在的我不敢深度投入感情和心思，怕用心太多、付出太多，对方会在某一日突然离开，抑或是自己真心爱了以后，关系却因各种原因渐行渐远，自己无法也不想面对这样的结局……"

　　他一字一顿，仿佛自说自话："你知道恐惧的感觉是什么吗？你知道失去的感觉会有多痛吗？"何山说："当然知道啊，每个人都尝过失去的滋味，那犹如跌入深渊，犹如身子被抽空，犹如瞬间被放空了灵魂，犹如不能呼吸……总之，让人异常难受和不安。"

　　何山发现，这个年轻人不愿意直视自己，恍惚得仿佛一直飘浮在半空中，茫茫然找不到落脚点。何山开始尝试顺着年轻人的话说下去，鼓励他说出完整的故事。在男子断断续续的倾吐中，何山顺藤摸瓜，大致了解了男子的困境。

　　男子说他叫李程，是一个从贫困山区走出来的孩子，小时候家里常常有上顿没下顿，穷得揭不开锅，他和妹妹饿得面黄肌瘦。懂事以来，看遍了世态炎凉、人情冷暖。他痴呆多年的母亲，因为意识不清楚、行动笨拙被村里的一些人捉弄欺负。有时候放学回来，在家门前，他看见母亲披头散发，狼狈地趴在地上拣果子，额头上是一道一道触目惊心的血痕。小小年纪的李程觉得心很痛，但又无能为力。

这个风雨飘摇的家庭，全靠父亲一个人四处打零工维持生活。清贫的生活和家里的艰难，让李程意识到必须努力学习，努力奋斗。他的学习成绩很优异，这让爸爸很是欣慰，一家人相亲相爱、和乐融融。然而，变故很快发生了。父亲罹患癌症且是晚期，昂贵的治疗费和药费，让本就捉襟见肘的家变得摇摇欲坠，爸爸坚持不让大家告诉李程和年幼的妹妹，怕影响了孩子们的学习和生活。

直到那一天，那天是二年级期末考试成绩放榜日，李程兴高采烈地推开家门，扬着手中的试卷欢呼着："爸爸，爸爸，我考了全年级第一！"谁知，之后他看见的却是爸爸横卧在床上，一口鲜血喷染到身上、被单上……然后，爸爸被送进了县里的医院，急救室冷冰冰的门砰的一声关上，李程撕心裂肺的哭喊声被挡在门外，身旁是自顾自玩手指的妈妈，眼睛里呆滞无光。深深的绝望，在急诊室大厅里如同浓雾般蔓延。

进了医院后，护士接连送来的缴费单，像一道道催命符，压得李程一家透不过气。再三思量之下，李程决定去村里挨家挨户借款。夜深了，李程走到爸爸病床前，看到他难得清醒，便强忍着泪轻声道："爸爸，我有些事要去处理一下，明天上午我再过来看你，你要等我哦。"

烈日下，年少的李程奔走在村里坑坑洼洼的小路上，敲开了一家又一家邻里乡亲的家门，不知道磕了多少个头，流了多少眼泪，终于零零碎碎地筹到了大部分的医药费。当他风风火火地赶回医院，推开病房的门时，却看到病床上的爸爸已被盖上白布，旁边是垂着头不知所措的母亲，他冲过去紧紧地抱着爸爸的遗体不撒手，很久很久后，他才抬起头大喊："爸爸，你不是答应我会等我回来的吗？你为什么不守信用？你为什么就这样走了？为什么狠心留下我们自己走了……"

此后多年，李程的心里一直放不下这个结，未曾送别爸爸的最后时光。这种遗憾层层堆积重叠后，像雪球一样越滚越大，他冥冥中觉得，爸爸是担心自己拖累家里，所以才要着急离开。

李程哭得泣不成声，何山说："年轻人，你的内心里缺一个告别。"

年轻人抬起头看着何山，惊讶地问道："和谁告别？"

何山说："和爸爸，和爸爸未分离的情感。如果你愿意，我陪你一起，和爸爸做个正式的告别吧！"李程感到有些疑惑，但很快就被何山眼里的坚定说服了。何山拿了一个凳子放在李程面前，告诉他："你让自己的身体放松下来，闭上眼睛，想象一下，自己的爸爸就站在你的面前。当你看到爸爸的时候，心里是一种什么样的感受，你想和爸爸说些什么就都说出来，一吐为快。听从自己的内心，静静地去表达。"

"爸爸你为什么不等我，爸爸我想你，我好想你，这些年你不知道我是怎么熬过来的……"何山问李程："你觉得爸爸对你的期待是什么？告诉爸爸，你现在生活得怎么样？"李程点点头，嚼着泪，把自己的生活现状一五一十地描述了一遍。

何山安静地听着，不时说着："非常好，还有吗？还有什么想和爸爸说的吗？把曾经对爸爸的陪伴以及遗憾都讲出来吧……"何山继续充当"爸爸"的角色，站在凳子后面说道："孩子，爸爸生病离开是爸爸自己的命运，每个人都有自己的命运，我们要尊重命运的安排。你要尊重并接受这个不可改变的事实，爸爸爱你，爸爸永远都是爱你的，爸爸祝福你，爸爸希望你一切都好，生活得开心幸福。"

李程说："爸爸，我尊重生命也会尝试接纳这个事实，我会做很多善事荣耀您，也荣耀我们家族。因为您的离开，我选择了健康事业，我想让我遇到的人都健康快乐！我们每个人的身体，都要好好珍惜，因为只有给自己一个健康的身体，我们的梦才能更容易和更值得去实现，我们的家庭才能更圆满和幸福。爸爸我会照顾好自己，会做好我自己，您不要挂念。爸爸我也祝福您在天国快乐！好好爱自己……"

说完后，李程满脸的泪，浸湿了衣襟。

何山拍拍李程的肩膀后拥抱着他说："闭上眼睛，想象爸爸离开时悲痛欲绝的那个小小的你。现在的你已经30岁了，用现在的你去拥抱一下当时的你，双手把他紧抱在怀里，紧紧地抱着他。"李程闭着眼睛，想象着在拥抱当时的自己。

不知过了多久，何山感受到李程平静了下来，便以父亲的角色拥抱了"孩子"。何山对李程说："来，闭着眼转过身来面对着凳子上的爸爸，带着年幼的你一起给爸爸鞠个躬，真正地跟爸爸告个别吧，让我们一起尊重生命的界限。"

最后，何山郑重地对李程说："当我们能坦然地面对一切时，不仅仅是一种能力的提升，更是一种心灵的自由。带着这种力量以及对自己和爸爸的爱，好好去生活，这才是圆满。"

有人说过，人生分时间和空间两大区块，从古至今，我们给自己规定了很多仪式，让我们所谓的空间在不同时间折叠——伸展——折叠——伸展。法国童话《小王子》里说："仪式感就是使某一天与其他日子不同，使某一时刻与其他时刻不同。"

仪式感是人们表达内心情感最直接的方式，是由人的心理需求而催生的一种产物，它对于人的作用也是很大的。李程心中的郁结，正是缺失与父亲告别这一项仪式。当李程处在痛苦中时，他感知不到自我在哪里，于是抗拒一切，盲目且奋力地将生命中其余的感知挡在心门外。

弱者依赖环境，强者创造环境。是环境影响了你还是你影响了环境，愿意接纳环境的那刻你才能懂得创造环境。人生、亲情、亲密关系等所有的爱亦如此，不是这个世界欠你的，而是你欠世界一个自由、喜悦、大爱的你。

无论生命中你有多么的不幸，经历多大的磨难，最重要的是你以什么样的信念活出怎样的人生！何山想起严芳芳说过，一个人的抗压能力不是源于你遇到的事有多大，而是你心胸格局有多大。一个濒临边缘的人，他的心理重建过程十分漫长。不破不立，破碎之后，才能重建。只有通过不断反省，学会觉察自己的思维、行为模式的局限，打破旧我，才有机会吸收和接纳新的东西。通过内心的重建，自我觉醒，我们才能重构人生的新格局。

何山希望，李程在深夜痛哭以后，能够抬头迎接黎明，所以他选择用代入角色的对话方式，帮李程找一个告别过去的方法，补上其缺失的仪式感，从而让他找到内心平和的状态，如同《菜根谭》中说的那样："孤云出岫，去留一无所系；朗镜悬空，静躁两不相干。"

与自己和解，与过去握手言和。跳出你的世界，你才能拥有和他人共同的世界。用心对待每个当下，用喜悦的心情活好当下，这是向世界表达与创造自我的一种方式。通过李程的故事，何山亦有所悟：李程长达十年处在抑郁等各种心境障碍塑造的牢笼中做困兽之斗，备受煎熬。这样的人意识不到还有另外一个快乐的世界，犹如夏虫意识不到冬天的冰雪世界。

追随自己的内心，毫不迟疑地悦纳自己，才能让我们在这趟生命的旅程中，不违背自己的本心。尊重自己的本心，活出更好的自己，因为这才是最真实的自己。

路边的一株野草、一树繁花，池中的一尾鱼，天空掠过的一只飞鸟，街上匆匆而过的行人，都是生命不同的姿态。时间是强大的催化剂，你自己就是一座金矿，要看你如何发掘和重用自己。

何山一边开车一边想，像李程这样的故事，身边也有不少鲜活的案例。当自己历尽千辛万苦想迈过生命中这个无法释怀的坎时，还要知道运用时间的力量，顺其自然地去面对它，让时间来帮自己平复一切、解决一切。

在生活中经历的不幸以及所受的伤害，都是化妆成魔鬼的天使。总有一天，我们会见证它给我们带来的鬼斧神工的改变。

爱，

疗愈伤口的良药

拖着疲惫的身体回到家后，何山匆匆洗了一个热水澡，然后把自己甩到了床上，他要舒舒服服地睡个好觉。

急诊科的工作强度和季节有关，每年到了流感高发季，就无可避免会有一拨又一拨的病患戴着口罩，排着长长的队等待叫号。从清晨到深夜，急诊科的走廊里都坐满了人，护士行色匆匆地抱着针药器具来回忙碌着。一天下来，何山往往连午饭都顾不上吃，整个人感觉都要虚脱了。

楼上陆陆续续传来高跟鞋踩在地板上的"噔噔噔"声，还不时夹带着女人声嘶力竭的吼叫。何山闭着眼睛在床上辗转反侧，用耳塞堵住耳朵，想要免受这噪音的干扰，然而无果。愈来愈吵的声音从何山的左耳膜穿入，右耳膜穿出，一向好脾气的何山觉得无法忍受，披上衣服从床上一跃而起，准备上楼看下情况。

此时，正在厨房里忙碌的秦梅闻讯走上前劝道："听说楼上搬来了一个新邻居，可能生活不如意火气比较大，我们都多担待点，别和她置气了。"何山理了一下衣服，轻声说："我不是过去找人家麻烦、找人家吵架，我是去看看情况，也许有什么可以帮上忙的，反正被吵得也睡不着。现在精神了，我就想了解一下情况，谁让我是这么一个好管闲事的人，见不得别人有心理情绪呢。何况新邻居也还没见过面，我去会一会她。"说罢，就兀自上楼了。

何山站在402的门前，隔着厚厚的不锈钢铁门，他依然能听到里面暴风骤雨般的争吵声。犹豫了片刻，何山举在半空中的手按下了门铃，过了好一会儿，门才被打开。狭窄的门缝里，一个女人苍白憔悴的脸探了出来，浮肿无神的双眼怔怔地望着何山，不开心地问道："请问您是？我不认识您，您有什么事吗？"何山简单地自我介绍后说明了来意，女子冷冷地说了一句："呃，我知道了！"然后便以迅雷不及掩耳的速度，"砰"的一声关上了门。

何山准备的一肚子话，还没来得及说，就被拒之门外了。躺回床上，楼上的动静终于消停了，何山很快便将不快忘记了，安安心心地睡了一个好觉。

第二天上午，何山有个会议要参加，七点半便收拾妥当出门了。下到车库门口，他碰见了昨晚那个女子，不禁仔细打量了一下，只见那女子一头乌黑顺溜的长发披在肩上，黑边细框眼镜后是一双清澈如月的双眼，带着敏锐警觉的目光，简单的职业装衬得她的身段更加有韵味。

女子也看到了何山，于是朝他微微点点头，给了他一个略带歉意的笑容。其实，女子搬来这里后，对何山这位楼下的邻居也有所耳闻，知道他是市里三甲医院挺有名气的急诊科医生，何山陷入心理困境的事情，她也从这栋楼的那些大妈阿姨口里听说过。她低低地说："我叫高云，昨晚挺不好意思的，我和男友吵架，在气头上，没有顾及自己的动静太大，影响到左邻右里，事后我的态度也不怎么好，真不好意思。"

说罢，高云拿着车钥匙走向一辆白色的马自达，然后一溜烟开走了。看着车离开的背影，何山有种直觉，他觉得这个邻居脸上写满了故事，目前应该正深陷在感情的旋涡里。

在本市最高的写字楼里，高云正在会议室听取下属部门的工作汇报，一改平日生活中的冰冷面孔，高云时而慷慨激昂地指点江山，时而面带笑容地点头称许，时而眉飞色舞地纵横南北。在员工的眼里，这个外冷内热的女人，一直给人一种神秘的感觉，眼看步入了大龄剩女的行列，她还是一副不紧不慢的样子，一心一意地埋首工作、风风火火地穿梭在各个部门、雷厉风行地处理着各种不同的工作。她的管理风格透着难得的沉稳淡定，给人一种大局在握的安稳感，让再桀骜不驯的下属都不得不心服口服。部门的年轻女员工一个接一个地走进了婚姻的围城，她依然面不改色、波澜不惊地继续着自己的生活，似乎不曾有想要改变的动静。

其实，真实的情况恐怕只有高云自己心里清楚。这么多年来，她不是没有对异性动过心，而是刚刚有点感觉，就习惯性地坠入魔性的心理怪圈。也许连她自己都说不清楚，自己想要的到底是什么。去年年初，闺蜜给她介绍了一位海外留学归国创业的华侨，在高云看来，这个男子见识广博，言谈间都是具有前瞻性的行业知识，举手投足也彬彬有礼，第一次见面双方给彼此留下的印象都非常好。

本来，按照故事的发展，他们有着共同的理想目标、类似的三观，可以发展成一对人人艳羡的情侣。然而，剧情很快急转直下。带着初见后淡淡的欣喜，高云回到家，内心刚涌起的些许热情就被一贯的冷静和理智全盘覆盖。

第二天，她一通电话，果断拒绝了那个华侨，冷冰冰的话语里，藏着拒人于千里之外的寒意。男子拿着电话怔怔地发呆，这和昨天在餐厅里滔滔不绝的那个她判若两人，态度竟来了一个180度大反转。高云心里清楚自己的问题在哪里，她始终把爱情当作较量，害怕被束缚，害怕被困在其中，害怕会受到伤害，害怕自己一旦深爱便深陷其中，无法控制走向。

恍惚中，高云仿佛看到了那个蜷缩在墙角的小女孩，她抱着自己的膝盖，把脑袋深深地埋在其中，紧紧地咬着嘴唇，不敢哭出声音。那是她童年里最不堪回首的一段灰色时光，那个原本爱说爱笑、爱蹦爱跳的活泼女孩儿，在父母离异后，就一天天地变了，她不再愿意和小朋友说话、玩耍，常常一个人坐着发呆，她越来越活在自己的世界。

高云的抚养权判给了妈妈，她每天跟妈妈生活在一起，生活的压力让妈妈变得越来越沉默，小高云也变得愈发沉默寡言，只有每次爸爸来看她或者接她出去玩的时候，她的脸上才会露出少有的笑容。那时候的高云只有6岁，但想让爸爸妈妈复婚的想法特别强烈。爸爸妈妈最后决定，为了孩子复婚。

爸爸妈妈复婚后，小高云渐渐变得爱说话了，也爱笑了，老师和小朋友们也都为高云的变化感到高兴。谁知，为了小高云而重新走到一起的爸爸妈妈，婚姻只维持了两年便再次分道扬镳。高云渐渐地又不说不笑了，甚至陷入更加严重的心理阴影中。

她喜欢上了写写画画，老师们都说，在她的文字、绘画作品里，有着令人羡慕的天赋，那里有着深不见底的忧伤，亦有着清醒而深刻的洞察。然而，她的思虑和心理障碍，一点一点地摧毁着童年仅有的一点儿阳光雨露。创伤的影子，隔膜筑起的心理创伤，渐渐让她感觉无力承担，将她的生活引向无边的黑暗。

成年后的她，用坚硬的盔甲将自己封闭起来，她努力地学习、工作，想要用成绩来证明自己，想要用收获给予自己安全感。在她眼里，只有自己变得强大了，才能获得更多的安全感，才能不被别人左右。她努力学习，考上了国内著名的高等学府，在大学里，她并没有放松半分，依然勤学苦读、独来独往。

由于怨恨，上大学后的她与爸妈断了联系，经济上只靠自己的勤工俭学来维持，吃了很多苦。课余打工的时候，她近距离地见识了一些人情冷暖、人生百态，她厌恶那些人与人之间的尔虞我诈，她害怕人与人之间近距离的相处，她恐惧那些毫无遮掩的真实，她觉得那些会毫不留情地揭开她刻意隐藏的伤疤，让她无路可退，让她沮丧崩溃。

后来，因为成绩优异她被市内一家大型外企录用了。离开校园的她，更是开足马力、奋力拼搏，以便为自己的人生争取更多筹码。工作几年赚了一些钱后，她立马去市中心的一处楼盘交了订金，买了一套单身公寓。那个小小的家，她按照自己小时候的构想和愿望，用心地布置。由于长大的过程中，她在爸妈和亲戚邻居家都住过，深刻感受到了居无定所、颠沛流离、寄人篱下的凄楚，所以当长大后的自己强大了，她第一时间给自己买了房子，她一定要偿还失去过的或不曾拥有过的幸福。

而这些，她觉得只能靠自己。

无数个加班的深夜，高云一个人在办公室里埋头工作，电脑上的 PPT 做得很漂亮，图表上漂亮的弧线，是她日夜奋战的累累硕果。有时，孤独感如同晒进窗棂的月光，弥漫了整个办公室，她觉得自己很可怜，像是一个在浩瀚沙漠里独自行走的迷路旅人，没有人可以给她指明方向，前方也没有希望的灯塔，她只能默默地咬着牙，缓缓地挪动着步子，漫无目标地一点一点往前走，不问东西，无论何方，她只想一心离开这个境地。

然而，她越走感觉脚步越沉重，甚至挪不开脚步，她感到身心俱疲，想呼喊求助却怎么也发不出声音，那种无能为力、不知所措的绝望，就像深湖里溺水的人，拼命挣扎却抓不住一个可以浮出水面的依靠。在情感上，她不由自主地拒绝外界的进入，她想要保有自己精神世界的所谓独立和完整，她要保护好自己，不被伤害。而女人的青春，最经不起的就是蹉跎，这一晃，她 38 岁了。

这一天是周末，何山因为科室临时召集开会，整个白天都待在医院，直到太阳下山，他才匆匆往家赶。在小区里，他遇到了刚加班到家的高云，这个妆容精致、打扮入时的女子，从容的外表下，总给人一种心事重重的感觉。

"最近小区煤气管道总出问题，你家有这个问题吗？"热心的何山找了个借口搭讪，他想帮助这位邻居解决她的问题。带着戒备的眼神，高云微微点了一下头后便想离开。何山只好开门见山地说："其实，我一直很想帮助你。我曾经为不少人进行过心灵疗愈，还是卓有成效的。当然，首先你不要抗拒，其实我们每个人的内心都多多少少有些问题，找到问题的关键所在，要治愈不难的。你如果信任我的话，可以畅所欲言……"

高云有些诧异地看着何山，第一次有人这样直白地、面对面地和她聊关于她的心理问题，高云的第一反应是想逃避，她知道自己有问题，但她害怕去面对。但今天不知怎么了，她想跟何山聊聊自己的心事，于是便很坦诚地对何山说出了自己的故事。

又是原生家庭造成的心灵创伤，听完后的何山不禁感叹。一个人如果没有疗愈原生家庭中的创伤，是很难真正做自己、拥有自己的人生的。每个人都在倾尽一生寻找自我。然而，一人一世界，你内心是怎样的，看到的这个世界就是怎样的。或许探寻内心的路远比走向外界的路更加艰难，但我们都需要一些勇气去心中的那个"家"看看，与父母和解，与内在和解，穿越原生家庭中的爱与痛，才能真正去追寻幸福快乐的自己，重塑自己的人生。

你可能无法改变自己的出生及家庭，但应该好好把握自己的未来。何山建议高云，去接纳爱，爱是可以疗愈她伤口的良药，如果一味将爱拒之门外，只会任由自己沉沦在这无休止的自我折磨和惩罚中。放过自己，尊重爸妈的婚姻，如果做不到，自己最终也会是受害者。

何山带着高云来到了严芳芳的疗愈室，帮助她踏上一条内观自省的自愈之路。

通过每天七件事，何山让高云从依赖外界转化为注重自身治愈能力的认知，疏导内心积压的负能量，并将其转化，改变思维方式。几个月后，高云深深感到了自己的变化，心里透出的那分澄澈，就像溪流缓缓流过石面，欢快清澈。

一天周末的下午，高云特意带着礼物按响了何山家的门铃，欣喜地告诉他，自己恋爱了。她说她感受到了人生在于每次启航的喜悦、放下的自在、奔向理想的激情。何山看着高云神采飞扬的脸，感受到了压抑、阴郁在她身上一扫而光。

"我们经历过很多，无形中，会戴着有色眼镜看待生活，或者被过去经历中你认为的伤害揪着不放，而忘了基于当下未来你还可以为你的生命创造什么。过去、现在、未来三个空间又该发生怎样的关系。没有愿景，没有方向，抑或方向不对，你会觉得整个世界都是迷茫的，你会觉得丢了自己。当没有未来和愿景时，你所有的努力都是内耗。当你躲在内心的世界时只有冬天，唯有走出去，春天才能和你不期而遇。"高云一边开着车，一边听着电台节目，嘴角不自觉上扬。

初春的痕迹越来越明显了，大地有了冰消雪融的滋润，有了草长莺飞的美好，有了繁花似锦的鲜艳，也有了烟雨蒙蒙的温柔。所有沉睡的种子，都在泥土中开始苏醒，被赋予了生命变换的姿态。

每个人都有童年的故事，

故事亦是你成长的资本。

第六章

顿悟：

活着就要温暖全世界

人生，

是一场旅行

周末一大早，桃子给何山打电话："何老师，您快过来劝劝宋老吧，他和安师父要去深山老林探险，一去就是一个月。深山老林，多危险啊……"

何山放下电话，饭都没吃就往宋老那里赶。一进门，宋老就热情地招呼他。何山看了一眼桃子，只见她嘟着嘴，瞟了一眼宋老后又低下了头。看来，这丫头的"告密"被宋老发现了。何山见状只好硬着头皮笑了笑，为了不再让桃子尴尬，他决定等宋老主动开口。

宋老递上来两本书，一本叫《消失的地平线》，是英国作家詹姆斯·希尔顿写的小说。这本书何山虽没看过，但名字有点印象。另一本叫《行走中国：木里》，

166

何山完全没听过，拿起来一看，是北京一个报社采写的体验式游记。

宋老说："这两本书，主要讲述了中国西南部一个名叫'香格里拉'的地方。"

《消失的地平线》是1933年4月由伦敦麦克米伦出版社出版的图书。主要讲的是二十世纪三十年代，四名西方旅客意外来到坐落在群山之中的香格里拉秘境。身为外交家、银行家、修女与大学毕业生的四个旅人，被命运捆绑在一起，在香格里拉遭遇了种种离奇事件。

"香格里拉，其意为极乐园，也就是极乐世界、人间仙境。"宋老感慨地说道。

"可是，真有这样的地方吗？"何山有些质疑，"如果真的有，就按照目前人们旅游的热情，早就应该挤爆了吧。"

"你怎么不问问，一个英国人怎么可能写出中国的'桃花源'呢？找到这个问题的答案，你提的问题自然也就迎刃而解了。我再给你一些铺垫吧，"宋老继续说，"《消失的地平线》出版后，立刻在欧美引起轰动，很快畅销世界，并获得了英国著名的霍桑登文学奖。从此在全球范围内形成了一股寻找理想王国香格里拉的热潮。《不列颠文学家辞典》称此书的功绩之一是为英语词汇创造了'世外桃源'一词——'Shangri-la'。也就是说，英语中的世外桃源就是香格里拉的音译。"

"感觉太美好、太神秘了，看来这个地方真值得一去。"何山有点按捺不住内心的激动，情不自禁地搓了搓手掌，显然已经忘了自己此行的目的是阻止宋老的危险旅程。

宋老继续吊他的胃口，"1937年，好莱坞投资250万美元将小说拍成同名电影——《消失的地平线》。公映后轰动全球，连续三年打破票房纪录，将香格里拉的名声推向高峰。此外，影片还获得1938年第10届奥斯卡最佳剪辑和最佳美术指导两个金像奖。几年后，该片传入中国，译名为《桃花源艳迹》，以'桃花源'对'香格里拉'可谓恰如其分，但'艳迹'一词明显沾染了弥漫上海滩的风尘气息。当时正值日本侵华，这部电影给战乱中的上海人带来了短暂的心灵慰藉，主题歌《这美丽的香格里拉》随之传遍全球。"

何山略显疑惑地问道："我想那香格里拉的美景一定被作者詹姆斯·希尔顿事先了解过，所以才能写得亦真亦幻，让人向往、追寻、欲罢不能。"

宋老听后点点头，告诉了他事情的来龙去脉。这里就不得不提那位美籍奥地利植物学家约瑟夫·洛克的故事。洛克的一生，非常的富有传奇色彩。他于1884年在维也纳出生，父亲是一位严厉的男仆，母亲在他六岁时就去世了。在课堂上他心不在焉，总是幻想着去旅行，并为此自学外语，且十分用功。在大学预科毕业后他去欧洲漫游。

一日，他未加考虑地与一家邮轮签约，受雇成为一名船舱服务员，这艘邮轮把他带到了纽约，那是1905年，他20岁。1907年，他又踏上了去夏威夷（檀香山）的征程。

终于，他被聘作为一名农业考察员，来到了遥远的东方。1922年他来到了中国西南，并以云南的丽江为总部，度过了他此后生命中的二十七年。他在边远山区采集植物和飞禽标本，并不间断地进行摄影。

当时，虽然他认定自己是一个植物学家，抑或是面对艰险的探险植物学家，但随着时间的推移，他从对植物的研究转到了对纳西文化领域的研究，并热情地置身于他生活和工作周围的人们——纳西人中。他的作品发表于美国的《国家地理》杂志后，被詹姆斯·希尔顿看到并做了艺术加工，这样才有了《消失的地平线》这本书。

时间来到2008年，当时的国家旅游局、发展和改革委员会将四川凉山州的木里藏族自治县与西藏昌都、云南迪庆和四川甘孜一起，纳入中国香格里拉生态旅游核心区。专家特意为木里量身定做了"木里洛克九百里"生态旅游区规划。一时间，这个地方知名度大增，吸引了很多年轻的户外旅游爱好者前去体验、探险。

"我一个朋友的儿子郑晨，也是我师兄安如海的大徒弟，在西南林业大学学习药用植物专业。那个秋天，郑晨与其他五位同学一起去木里的深山采集植物标本，后来，六个孩子只回来三个，据说是泥石流把路阻断后，他们迷失在丛林里……警方和当地的救援组织多次搜救，可惜有价值的信息不多。但是，直到今天他们也没有放弃。"

　　宋老接着说重点，"回来的孩子们提供了一张手绘的路书，但是计划只进行到一半就中断了。2009 年，北京一家报社受当地旅游部门委托准备出版一本《行走中国：木里》的游记书，我得到消息后找到了采访团中一位名叫李树飞的记者，我把路书的复印件给了他，恳求他们帮忙留意一下有关失踪孩子的蛛丝马迹……我多么希望郑晨也像《消失的地平线》故事里的一样，进入了一个我们看不见的神秘国度啊。"宋老仰天长叹。

　　何山着急地追问："采访团后来有带消息回来吗？"

　　"他们根据路书更改了原来的采访路线，寻访了很多藏族村民，终于从一个采虫草的孩子那里得到了一个带有西南林业大学标志的钥匙扣。后来经过辨认，确定是郑晨的物品。但那个彝族孩子说捡到物品的地方并没有找到郑晨的丝毫踪迹，线索又断了。"

　　宋老接着说："今年听说是出版《行走中国：木里》十周年，报社准备再去一趟香格里拉腹地采访。郑晨的父亲去年被诊断是肝癌晚期，我和安师兄一直有个愿望，那就是亲自去一趟香格里拉找郑晨。不管结果如何，我们都希望能把他带回家。这次正好趁着报社又组建了采访团，我们一路也有了照应。事情就是这样的，桃子她不晓得其中的来龙去脉，一大早就把你惊动了。我想，你应该还没吃早饭吧？"

　　宋老一边说一边让桃子给何山准备点吃的。桃子一边往外走，一边说："何老师，您别听宋老避重就轻的误导，那本游记我看过，那个地方到处是荒无人烟

169

的峡谷，还有凶猛的野兽，那个记者都写了，他自己都差点掉进峡谷一命呜呼了。您说，宋老和安师父又不是身强力壮的年轻人，怎能不让人担心呢？"

"这鬼丫头，话怎么那么多，赶紧准备早餐去吧，你自己不也没吃的嘛。"宋老面露愠色，但语气里还是带着对晚辈的关心和疼爱。

桃子不服气地"哼"了一声，对着宋老的背影吐了吐舌头，扮了个鬼脸后才转身出去。何山拿起那本游记翻了翻，他看到里面的风景确实很美，但也正由于长久以来保持原生态没有被开发，再加上地形险峻，确实有不少风险。他不禁想，以宋老和安师父的年纪，进行这种长途跋涉的探险，还真是让人捏了一把汗。

宋老看出了他的心思，安慰道："你放心吧，报社派了两个记者，一个摄影师，还在当地找了两个向导，一个是彝族，一个是藏族，各项准备都很充分，你就放心吧。"

何山突然问道："有随行的医生吗？"

宋老顿了一下后，略有尴尬地说："医生，我和安师兄都算是吧？"

"那可不行，这医者不能自医啊，更何况还是去那么危险的地方，更需要一个有丰富临床经验的急救医生，以应对各种突发情况。我觉得，这个人远在天边近在眼前。"

宋老笑了笑，说道："你公务繁忙，这趟出行少则半个月，多则一个月，而且行踪不定，不能因此耽误了你的工作。"

何山明白宋老的顾虑，就告诉他现在单位已经培养了一个副主任，这次正好检验一下他独当一面的能力。要知道，平常作为副手的他难得有这样的机会。

在何山的坚持下，宋老同意了何山一同随行，但提醒何山务必征得家人的同意。宋老这边也需要再跟报社确认一下，所以最终的结果是第二天再定夺。

听说何山要随宋老进山探险，而且又是去一个原生态的"人间仙境"，严芳芳和江楠也坚持要去，秦梅一开始有点儿担心何山的安全，但见两个活宝也掺和进来了，如果不让何山去，她们俩的旅行计划也得泡汤，所以只能同意了，况且他们几个在路上也可以互相照应。

秦梅笑着说："如果不是照顾天天实在脱不开身，我也想去看看这世外桃源呢。"

宋老听说江楠和严芳芳也要去，一开始坚决不同意，但江楠和严芳芳一个充分发挥记者的口才，一个从心理学的角度运用攻心术，再加上何山的帮忙，最后没办法，还是同意了。好在报社对此持欢迎态度，于是队伍就定了下来，他们一行五人，宋老、安如海师父、何山、江楠和严芳芳，再加上报社五人，记者李树飞、申丽莎，摄影师章立新，当地向导尼尔蒙和桑德楚，就这样，一个"十全十美"的团队浩浩荡荡地沿着"木里洛克九百里"的足迹进山了，去《消失的地平线》一书中描绘的神秘仙境采访考察，同时寻找一个名叫郑晨的大学生及其同伴的失踪线索。

飞机降落在四川凉山彝族自治州的首府——西昌。这座被称为月亮之城的地方正好在庆祝火把节，热情好客的彝族人载歌载舞，到处洋溢着火热的狂欢气氛。

这天晚上，大家一起在邛海边上吃夜宵、喝啤酒、赏月亮、点火把、唱歌跳舞，玩得不亦乐乎。再加上旁边彝族的祝酒歌悦耳动听，唱歌的彝族少女楚楚动人，大家也就多喝了几杯。

此刻，月亮早已挂在了天空，江楠说这是她见过的最大的月亮，用手机拍摄的照片都能看见树下的"嫦娥"。而邛海远处一条时隐时现的小木船上飘来一阵悠扬的歌声，李记者说，这是彝族著名的情歌。

何山试探地问他："感觉你也是个有故事的人，听说你们'行走中国'采访组写了很多的城市，你对哪个地方印象最深刻？"

"深刻？那要看你如何理解深刻的含义了。一个人与一座城，到底是用什么牵线搭桥的，这才是重点。人与城的关联，有的是因为爱情，有的是因为亲情，有的是由于成长和蜕变，而有的只是因完成一个心愿。"

他突然意识到好像没有明确回答何山的问题，于是接着补充道："我此时此刻，觉得这个地方就是我印象最深刻的，因为我曾经在这里迷失了自我。"

"因为爱情？"何山单刀直入。

"有一点关联，但成分很少，几乎可以忽略不计。主要是成长过程中必须经历的蜕变，那个过程有种撕心裂肺的痛，我今天也在试图弥补这种内心的伤痕。"

"你介意严博士一起倾听一下你的故事吗？我想帮助你，但我只是个急救医生，常年接触的都是生理疾病，严芳芳是心理学博士，她在这方面，比我更专业。对了，还有江楠，你们是同行，应该有一些共鸣。我们可以找个清静一点的酒吧，交换一下故事，怎么样？"

"好啊，这么多年了，我一直憋在心里，找不到倾诉的对象。人生就是一场旅行，各种未知的相遇总能给我们惊喜，在这里我没有必要戒备什么，因为我们没有利害冲突。我觉得今天是天赐良机，我们可以交换手中的'苹果'。"李记者笑着说。

"哪来的苹果？快给我来一个。"江楠听见苹果，拉着严芳芳过来，伸手就要来讨。

何山笑着对她说："想要苹果啊，可以，但是你得回答一个问题，答对了才有苹果。答错了罚酒一杯，怎么样？"

江楠紧紧拉着严芳芳的手说："那，那你得算上我们两个，我就不信还有严博士回答不上来的问题。哼。"

"好好好，刚才李记者说，交换手中的苹果，你可知道这个说法是谁提出来的？"何山问道。

江楠想想了，说："牛顿？我就知道他的苹果最有名。"

大家听后笑得直不起腰，何山捂着肚子说："你，你咋不说乔布斯呢？他的苹果有名又值钱。"

严芳芳停住笑后接过话茬儿说："这是剧作家萧伯纳说的，原话是：倘若你有一个苹果，我也有一个苹果，而我们彼此交换这些苹果，那么你和我仍然各有一个苹果。但是，假如你有一种思想，我也有一种思想，而我们彼此交流这些思想，那么我们每个人将会有两种思想。"

话音刚落，李记者和何山的掌声就响了起来，江楠见状也跟着鼓掌，并暗自佩服，博士就是博士，学识渊博。

何山继续说："我们每个人都有自己的故事，今天我们找个清静点儿的酒吧，交换一下各自的故事，好不好啊？"

大家一致同意，于是就先把宋老和安师父送回酒店，他们四个去酒吧街找了个清吧，开始了萧伯纳式的"故事交换"。

心灵，

　　需要不断修正

　　酒是故事的催化剂，酒后吐真言，这话是有道理的，酒精作用能够让人放下戒备，吐露心扉。

　　何山需要控场，他酒量一般，啤酒顶多也就四五瓶。另外，还有两位女士在场，无论谁喝高了，都是麻烦事。于是便对李记者说："大记者啊，我们都知道你们文人故事多，咱细水长流慢慢讲，酒呢，咱慢慢喝。这样吧，讲故事的人，起因、经过、结果，一个故事三杯酒。听故事的人，听完有感慨的致敬一杯，不勉强。毕竟，我们明天还要赶路呢。"

　　江楠起哄道："老何你这也太抠了吧？这可是啤酒，我一口气能喝一瓶，你

174

这一个故事三杯酒，灵感还没酝酿出来，就渴死了。"

严芳芳拉住她，揶揄着说："你已经飘了，再贪杯都不知道自己姓啥了。"

江楠摆摆手，歪在严芳芳身上，等着大家举杯。此刻的她就像一个等待猎物的枪手，眼睛直勾勾地看着桌上的啤酒。

李记者接着说道："喝酒不是我们的目的，把酒言欢才是我们最大的收获。来来来，咱们就听何老师的，先干一杯，这就开始了啊。"说完给江楠递了个眼色，本来因为预感喝酒不尽兴而闷闷不乐的江楠看见酒杯，立马兴奋地凑了过来，碰杯之后，大家一饮而尽。

李记者端起酒杯喝了个底朝天，然后开始讲述他的故事："十年前，我 27 岁，因为有五年的记者经验，再加上年轻气盛，意气风发，又正好赶上了报纸的黄金时期，所以工作得也算如鱼得水。那一年，我们报纸出了一期特刊，三百六十五个版面，全是铜版纸，北京一个报刊亭一天就卖了三吨报纸，那一天的广告费，是一千六百多万。而我就那样在传统媒体的黄金时代里，第一次迷失了自我。"

江楠有些不太理解，疑惑地问道："既然是黄金时期，应该是人生赢家才对啊，为什么会迷失自己呢？"按照时间来推算，那时候江楠还在读大学，李记者所在的那家报社在北京很有名，基本上是时尚娱乐媒体里的头一把交椅，一年营收几个亿没有问题。她有些不明白为什么在这种情况下还能迷失自己。

李记者笑了笑说："你只是看到了表面，报社内部斗争一直很激烈，文化人嘛。其实，做报纸跟打天下一样，前期大家为了共同的理想目标可以同甘共苦，但守江山就不一样了，尤其是在盛世年华里会有很多的诱惑。我在娱乐圈晃了一下，就被伤着了。当年报社为了谋求上市，在东北沈阳、云南昆明、广东广州分别复制了北京的运营模式，而北京模式的最成功之处在于积累了众多明星资源，我就客串了一把娱乐记者，但不是狗仔队的那种啊。"李记者强调说。

江楠想起那时候正好是各种选秀节目集中爆发的年代，自己当时也追星，被称为"玉米"，舍友是"盒饭"，整天为了各自的偶像闹得不可开交。

这么一说，严芳芳和何山也都有了印象，他们虽然没有具体的偶像，不是谁的铁粉，但也由此喜欢上了很多娱乐新秀。

这么一聊，大家仿佛都有自己喜欢的偶像，于是共同干了一杯。作为心理学专业的研究者，严芳芳知道李记者故事的主题并不是带领大家回忆青春时代，真正的故事还未开始，眼看时间已经不早，她决定加快一下进度，便让李记者直奔主题。

"大记者，您不会是喜欢上哪个'超女'了吧？直接来点儿劲爆的八卦，我们可都最爱听这些了呢。"严芳芳调侃道。

大家听了一起起哄，说话间又干了一杯。

李记者说："八卦倒是其次，真正让人难以忍受的，是所谓的行业规则。要么你适应，觉得一切存在即合理；要么你敬而远之，选择逃离。我选择了后者。"

他跟报社提出申请，不再报道娱乐新闻。领导权衡利弊后，把他派到广州做美食和旅游版的主编。这是个美差，吃喝玩乐的工作逐渐让他走出了阴影。

江楠不说话，自己倒了一杯酒，一仰头喝了个精光。

何山问李记者："后来的你，真的觉得逃避能解决问题吗？"

"当然没有。后来的事情更加狗血。"李记者喝了一杯酒继续说，"后来别人给我介绍了一个女朋友，刚刚大学毕业，人长得很漂亮，歌唱得也好，可以说多才多艺。当时，她在一家文化公司做文案助理，本来一切都挺好，我还甚至想以后她可以到报社做记者呢。"

李记者回忆着往事，脸上禁不住荡漾着温馨与满足。"谁知祸从天降，她公司接了一个娱乐项目的策划包装，她被该死的所谓星探发现了，蛊惑之下，她决定去娱乐圈发展。"当时的我很震惊，觉得天空中有个巨大的恶魔的手落下来，让人无处可逃，最后它卡着你的脖子，让你无法呼吸。

当时的李记者刚从阴影中走出来，再加上年轻气盛，坚决反对女朋友进娱乐圈。他给女朋友讲了一些娱乐圈的事，但女朋友中毒太深，觉得他在编故事吓唬她。

严芳芳说："这真是个糟糕的故事，是福不是祸，是祸躲不过。你这真是……"

江楠插嘴道："这种不谙世事的小姑娘，迟早要吃亏。"何山瞪了他一眼，又看看李记者。江楠捂住了嘴，不说话了。

后来的故事结局怎样，李记者不知道答案，也不想知道。他甚至为此不再关注娱乐圈的任何新闻，因为他怕见到任何一个熟悉的面孔，他觉得那是一种毁灭式的打击，他担心自己承受不起。

"那时候我开始质疑自己的价值观，是不是我出了问题？也许只是我在用自己的价值观衡量这一切，也许是我走了极端……"李记者紧紧地攥着酒杯，严芳芳怕他再使劲，酒杯就碎了，赶紧敬了他一杯酒。

何山接过话："问题也不能这么看，你这有点矫枉过正了。我们不能左右别人的思想，但我们可以坚守公共道德与操守。而且我敢说，这种沉重的代价给人的心理造成的伤痕，可没你想的那么容易愈合，也许会是一生的煎熬吧。"

"对别人是怎样的煎熬我不知道，但对我的伤害确实是深刻的，身心都是。"李记者俯过身子，在何山耳边嘀咕了几句。

何山小声安慰他说："不要太过担心和放在心上，觉得实在想不通难受的话可以看看医生，中医西医都有解决方案，或者找严博士多聊聊，她应该可以给你提供帮助……"

江楠见他们小声嘀咕，神神秘秘的，想要探个究竟。严芳芳仿佛看出了些端倪，忙拉住江楠说："你可别忘了，好奇害死猫啊。"

江楠估计酒劲儿上来了，说："我就是猫怎么了，我们一起学猫叫，一起喵喵喵喵喵。"说着就唱了起来，还要拉着何山和李记者一起唱，说谁叫他们搞团团伙伙。

夜已深，酒吧里只剩下他们四个人了，当他们歌声响起的时候，善解人意的酒吧老板放起了《学猫叫》的伴奏音乐，一时间，气氛欢乐融洽起来。

……

何山听完李记者的故事后颇有感触：人的心灵在不同的成长阶段，承受力是不同的。心灵成长是一个不断修正自我的过程，有时候是自愈，有时候是治愈，但不管怎样，这个过程都在逐渐走向完善，因此人才会越来越成熟。

在宋老送他的那本《消失的地平线》里面，有个智慧的使者，他觉得自己活到了 97 岁还不够，等 100 岁的时候，才能真正跨入人生的另一个境界。那种境界就是无我、中庸，波澜不惊但又对身边的人和事充满爱，对大是大非有着清晰的判断和缜密的安排。

想到这里，他对宋老和安如海师父此行的目的有所感悟，如果只是单纯的寻找郑晨及其同伴，最佳时间应该是前三年吧，因为如果真的出现了意外，现在都过去好几年了，情况可能更加复杂。宋老是个极其聪明的人，怎么会考虑不周全呢？

他想这些时，江楠和李记者已经唱累了，严芳芳早已歪倒在沙发上进入了梦乡。何山见状赶紧叫了一辆出租车，把东倒西歪的他们送回了酒店。

早前订房的时候，宋老坚持自己和安师父一个标准间就可以，没必要浪费钱再多开一间。李记者见何山落了单，就主动提出可以跟他拼一间，他的同事们自己搭配。江楠和严芳芳自打出来就形影不离，自然也开了一间。

峰回路转，

　　得失一瞬间

　　午夜时分，房间里的宋老和安如海还没入睡，安如海拿着床头柜上的一本相册在仔细端详。这是郑晨的父亲最近邮寄过来的，是作为寻找郑晨的线索，如果找到了就物归原主，如果万一郑晨真的遭遇不测，这个相册最终要交给郑晨的妹妹郑曦，她现在在美国读书，明年即将毕业回国。

　　"曦儿也是个苦命的孩子啊，也不知道她现在怎么样了。"安如海摇头叹息道。

　　"据老郑说，她在美国挺好的。只是，不知道老郑能不能撑到她回国的那一天啊！这个老郑，真是自作孽不可活。如果不是他跟那个保姆洪萱乱来，郑晨也不会赌气跑外地读书，也不会造成曦儿一家的悲剧！自从曦儿知道了自己的身世

179

后，父女俩几乎就断绝了关系。"宋老接过话说道。

"对了，那个洪萱现在怎么样了？还是杳无音信吗？"安如海问道。

"曦儿出国前报过警，但她没有任何证据，警方无法立案，后来只是记录了她的 DNA 资料，以备以后比对。如果曦儿的父母真的如洪萱所说在那起交通事故中双双去世了，这事情无从查起，后来也就不了了之了。但我总觉得，她的话不足为信。对了，这相册里有没有曦儿的照片？"宋老边说边问。

安如海一边递相册一边说道："我都看了没有。只有郑晨的，有一张是洪萱的，脸被烫了个洞，就在最后一页。"

宋老看着那张照片，心情久久不能平静，他和安如海都是从小看着郑晨长大的。这张照片正是保姆洪萱抱着五六岁的小郑晨的合影，洪萱的脸部被烫了个烟头般大小的洞，整个头部都不见了。

这个郑晨啊，还是那么爱恨分明，宋老心想。他盯着照片看了许久，突然发现一个细节，洪萱抱着郑晨的右手大拇指缠着一小圈白色的绷带，这个突兀的一小片白色在照片中显得有点儿抢眼。

"这个洪萱的手怎么了？"宋老问道。

"听说是小郑晨调皮，差点儿被电动面条机缠住，多亏她及时发现，但大拇指好像被卷走一截儿。从这一点看，她对郑晨还是很有感情的，包括郑曦，女人的母爱应该是天性吧。"安如海说。

......

何山半夜着了凉，起来上卫生间，于是随手拿起那本《行走中国：木里》，准备坐在马桶上的时候翻翻。秦梅纠正了好多次他的这个坏习惯，但他总是改不了。当他翻到最后一页的时候，隐约发现有裁切的痕迹。

何山隐约觉得不对劲，他在心里琢磨着，但百思不得其解。于是，他把笔记本电脑拿到卫生间，连上无线网络，想在网上搜索这本书的电子版。功夫不负有心人，他终于在一家付费网站上找到了。这本书的最后两页是采访团队介绍，里面图文并茂地介绍了记者、编辑、摄影师和当地向导，但当何山看到记者李树飞的照片的时候，顿时愣住了，不由地出了一身冷汗。

原来跟他同屋的这个人并非照片上的记者。虽然两个人的外表看上去很像，书上的照片也只有邮票那么大，但仔细分辨起来并不难，何山可以百分之百地确定，现在自己身边的这个记者李树飞，并非十年前采访的那个记者李树飞。

那么，现在自己身边的这个人是谁？他为什么要冒名顶替，参加这次活动？何山禁不住毛骨悚然。他顾不得方便了，迅速整理好衣服，准备去找宋老和安如海核实一下。

然而，当他打开卫生间的门时，只见这个冒牌记者正站在门口。何山吓了一大跳，手里的书"啪"的一声掉到了地上。冒牌记者帮他将书捡起来，并关切地询问他是不是身体不舒服，怎么额头上都是冷汗。

何山一口气提到了嗓子眼，他尽量不让自己显露出慌张，但说出的话还是有些结巴："我好像，好像着凉了，拉、拉肚子……我去前台找点儿药，药去。"说完也顾不得冒牌记者的反应，赶紧转身出了门。

此刻，酒店长长的走廊上空无一人，每个房间门口都有一盏发着蓝光的吊灯，何山觉得自己身处险境，但又实在想不出缘由，而且因一时紧张，竟然还忘了宋老的房间号。他踉跄着进了电梯，快步走到了酒店的前台。

何山急切地对服务员说："麻烦你帮我查一下跟我同住的人，他是谁？到底叫什么名字？"

服务员一脸诧异地问："你们不是一起的吗？您喝酒了？"

"我是喝酒了，但我没醉，我确实有特殊情况。请你先帮我查一下好吧？"何山脸色开始发青，服务员只好调出了资料，显示入住人名叫李树飞。

"你们认真核实身份证和他本人的照片了吗？"

"当然核实了啊，先生您觉得有什么异常吗？"服务员不解地问。

何山一时呆住了，他不知道该怎么解释这个事情。这个时候只能先跟宋老和安如海汇报一下情况了。

"那你帮我查下同行的宋毅山和安如海他们两个人的房间号码可以吗？我一着急忘记了。"何山恳求道。

服务员查到了，原来宋老就住在何山的对面。走到宋老房间的门口，何山停住了想要敲门的手，他担心敲门声会打草惊蛇，于是便在走廊上用酒店内部的公用电话给宋老打了个电话，让他们悄悄开下门，不要声张。

何山进了房间，把门反锁好，看着宋老和安如海安然无恙，且都在惊讶地看着自己，这才松了一口气。之后，便一五一十地对他们说出了自己的疑虑。

"那个人根本不是什么李树飞,他是冒名顶替的,他身份不明,动机也不明。"何山说。

"什么？"宋老和安如海异口同声地问。

安如海顿了一下，伸手示意让宋老先说，宋老又示意何山继续说下去。

"宋老，十年前您见过那个记者李树飞吗？"

"没有，社长安排司机给我送的样书。"

"那，这次我们带的书，是十年前的那些书吗？"

"不是，这次的书是最近跟社长见面时，他给我的。"

"那您发现这次的书跟以前的书有什么不同吗？"

安如海有些急了，插话道："何山你就别卖关子了，直接说重点好不好啊！"

于是，何山把网上找到的电子版和手里的实体书中那位记者李树飞的照片对比了一番。三个人面面相觑，大家一时也是丈二和尚摸不着头脑。

这时已经是凌晨一点，宋老也顾不得那么多了，他迅速拨打了报社社长的手机，然而手机关机。

宋老让何山坐在床边冷静一下，他开始思考这是什么情况。正在这时，门口响起了敲门声。

何山迅速走到门口，通过猫眼往外看了一眼后，脸上的表情变得有些痛苦，他转身对宋老和安如海做了一个口型——假，记，者。

门外又响起了说话声："何主任，我知道您在这里，我是警察，请开门。我告诉你们真相。"

"我们，我们怎么知道你是真警察，还是假警察啊？你还是假记者呢。"何山小声地说。

门外的人听完后笑了几声，说："何主任，对不起啊，任务需要，只能借用记者身份了。你可以看下我的警官证。"说完便把警官证打开亮在了胸前，何山通过猫眼看得不是很清楚。

"看不清。"何山说。

"那您可以上个防盗链，开个门缝儿，我给您递进去，您仔细看看。如果确认是真的，请您务必还给我。"

宋老和安如海对视一眼，一起朝何山点了点头。

何山从门缝儿里接过警官证，只见上面的名字是李鹏飞。何山又将警官证给二老分别看了，确认无误后，才把房门打开，让警察进来。

一场警方的秘密行动就这样被何山无意中捅破了。

半年前一个落网的抢劫杀人犯被判处极刑，临行刑前他交代了一起十年前的案件，是郑晨和两个女同学失踪一案。据人犯交代，当年他跟几个同伙在大凉山深处淘金，结果忙活了一年一无所获，正准备撤离时，正好遇见了迷路的郑晨一行三人，于是便起了歹心。郑晨被他们打晕后推入了山谷，生死不明；两个女同学被他们强奸后卖给了深山里的光棍汉。

警方为此成立专案组，以报社的名义组织了这次秘密解救抓捕行动，为了避免打草惊蛇，除了警方和社长外无人知晓。

听完整个经过，慢慢镇静下来的何山问道："那，我们整个团队只有您一个警察啊，会不会有危险？"

警察笑笑说："当然不是，但现在不方便透露太多。大家需要按照原计划进行，千万不能走漏风声，如果受害者被转移藏匿就会前功尽弃，尤其是不能让同行的几位女同志知道，如果她们知道此行的目的，就算能做到守口如瓶，万一被人看出破绽，还是竹篮打水一场空。"最后，警察要求大家务必保密，否则行动会因此取消。

经过了大家的一致承诺后，警察邀请何山回房间休息。临行前，警察看到了床头柜上的相册，了解了原委后，要拿过去看看，觉得这个对寻找郑晨或许有帮助。于是，宋老便随手把相册递给了旁边的何山。而此刻的何山在想，如果十年前的案子有了线索可以重新启动侦查，那么他女儿失踪一案，是不是将来也有希望？这一分神相册就没拿稳，掉在了地上，摊开的相册正好把最后一页无头照片露了出来。

警察拿起来一看，问这是怎么回事儿。

安如海解释道："这是郑晨和保姆洪萱的合影。郑晨从小是被保姆带大的，两个人本来感情深厚。郑晨还有个亲妹妹叫郑曦，十三年前因为一场交通事故，妈妈和妹妹身受重伤。那天，郑晨的父亲因为有事脱不开身，郑晨的母亲就开车带着郑曦去学校接他，结果……"安如海叹了一口气后，继续说道，"结果在学校门口与一辆抢红灯的大卡车相撞，郑曦当场身亡。郑晨的母亲变成了植物人，在病床上躺了三年，这三年里发生了很多事……"安如海不忍心说下去了。

宋老补充道："这三年里，郑晨的父亲和保姆的感情逐渐公开，原来他们早就有私情，而且早就有了一对比郑晨小一岁的双胞胎私生女。郑晨的母亲奇迹般地在三年后苏醒了，然而，她的大脑受到重创，视力受损几乎看不见了。她醒来后的第一件事就是寻找自己的女儿郑曦，大家不敢告诉她真相，于是就把双胞胎中的妹妹接到了家中，以郑曦的名义陪伴她走过了最后的一年时光……"

何山叹了一口气，把相册拿过来看了一下，表情逐渐凝住了。照片中的保姆洪萱一身大红的连衣裙，右手大拇指缠着白色的医用胶布。何山拿着相册的手开始不停地颤抖，额头上冒出许多冷汗，他腿一软瘫倒在地。

何山语无伦次地问："她，这个，这个女人，她是不是右手，大拇指，少，少了一截儿？"

安如海回复说："是的，那还是为了救小郑晨受的伤。"

"那，那她是不是，特别，特别喜欢穿大，大红的，大红的连衣裙？"何山依旧话说不完整。

安如海说："是的，印象中，好像没有见她穿过别的颜色的衣服。"

说话间，宋老和警察把何山搀扶到了床上，安如海递过来一瓶矿泉水，打开瓶盖喂他喝了几口水。

何山喃喃自语道："我见过她，我见过她，我见过她……那不是幻觉，我真的见过她，在公墓里，她，她，她是小丽的——"何山一口气没上来，竟然晕了过去。

警察见状立刻拿出手机准备叫救护车，只见安如海已经在闭目为何山把脉诊断。宋老焦急地看着他，他示意警察先等一下再说。不到一分钟的时间却显得十分漫长，房间里安静得只听见警察手腕上机械手表指针的滴答声。

安如海说："不碍事，一时急血攻心，师弟你帮我扶起他，你按人中，我按太冲穴。"两个人上下配合，果然不到两分钟，何山"哇"的一声吐了口热血，醒了过来。

警察被眼前的一幕看呆了，安如海吩咐他赶紧拿条毛巾过来，再烧一壶热水。

等何山把热毛巾敷上，又平静了几分钟，才虚弱地说："还记得那天我晕倒在公墓里吗？我当时看到了一个穿大红色连衣裙的女人，一开始我以为是幻觉，但是看了这个照片，我确定就是她。因为，因为墓碑前的玩具人偶，穿的，也是穿的同一种颜色和款式的连衣裙。这，绝不是巧合。"

"还有，她的手指，她的穿着打扮，跟拐走我女儿的凶手一样。请警察同志调查一下，十年前我的女儿在放学回家的路上，也是发生了交通事故，被人，不，就是被这个洪什么的保姆抱走了。"何山有气无力地说。

警察安慰他说："你先不要激动，我们会调查清楚的。我现在就给值班领导打电话汇报情况，让他们立即开始侦查。你放心，如果她真的是凶手，我们一定会把她缉拿归案的。"

安如海不解地说："这个洪萱，她自己有两个女儿，她抢你的女儿做什么？郑晨家境不错，她也不缺钱啊，不可能倒卖人口，这没道理啊。"

何山若有所悟地对警察说："快，查她的女儿，双胞胎女儿中，是不是有一个跳楼自杀了，还有她的老公，如果不出意外，也是跳楼自杀了。"

警察觉得事关重大，立即给值班领导打电话汇报了情况。当何山得知当地已经派出警察前往洪萱老家调查的消息后，悬着的一颗心才逐渐放了下来。之后，他又详细地讲了一下自己的怀疑。

宋老分析道："这么说来，极有可能是，双胞胎中一个被洪萱和丈夫抚养，也就是那起校园暴力引发的悲剧的主角。另外一个被带到郑晨家，以郑曦的名义陪伴郑晨母亲。"

安如海说："不，还有一种可能，狸猫换太子，留在郑家的是被拐骗来的孩子，洪萱真正的女儿也许已经跟着她远走高飞了，这也解释了郑家被盗走两百万财物的事实。"

警察说："这么大的事情，郑家没有报案？"

"报什么案？"安如海气愤地说，"洪萱在郑家没名没分，她只是一个保姆，就算有私生女，郑晨父亲去世以后，郑家也绝对不可能承认她们的身份。洪萱带着钱财和女儿远走高飞，也许是其自导自演的一场苦肉计。"

警察心想，假如这个推理成立的话，现在的郑曦有可能是何山的女儿。于是他问："现在的郑曦在哪里？找到她不就水落石出了吗？"

安如海说："郑曦现在去了美国读书，自从郑晨的生母去世之后，她完成了自己的使命就去了国外。如果真是这样，现在的郑曦应该早就知道自己根本与郑家没有血缘关系，但是她有没有告诉郑晨和他的父亲就不得而知了。不过，从他们断绝联系的情况看，基本上可以断定郑晨的父亲也知道。"

何山急忙问："怎么才能联系到郑，郑曦呢？"

何山在说出郑曦这个名字的时候，感觉心被狠狠地扯了一下。

安如海给了他一个邮箱地址，这是郑曦在国内时用的，他们也好久没有联系了。

何山如获至宝，转身就冲回了自己的房间。打开笔记本电脑后，却发现千言万语无从说起，笔记本键盘上的每一个按键都如千斤重担一般，他敲了一夜，竟然连一封完整的信也没有写完。

你若温暖，

终归圆满

何山一夜白头，把兴高采烈的江楠和严芳芳吓了一跳。

江楠开玩笑说："何主任您酒精中毒了吧？但我们喝的是一样的酒啊？您怎么一夜老了许多啊？"

严芳芳一把将江楠拉到一边，问何山，主任你没事吧？

何山苦笑着说："可能是水土不服吧，也许是我这身子骨儿不想跟着我爬山遭罪，所以发出了严重警告。这次我就不跟着你们上山了，你们要千万千万，注意安全。"

宋老也上来帮着打圆场说："我留下来照顾水土不服的何主任，你们就在大

188

记者的带领下，开启这段难忘的旅程吧。"说完他看了看李鹏飞，只见他微笑着点了点头，这一瞥一回应，双方的意图都心领神会。

队伍分开之后，何山和宋老一起回了酒店。何山给秦梅打电话说了情况，秦梅坚持要何山打开视频通话，等视频窗口一打开，秦梅的眼泪就下来了，她说："要么我飞过去，要么你现在回家，我们一起渡过这一关。"

何山说："我们这次出来还肩负着寻找郑晨的任务，我得跟大家商量一下。"秦梅说："我给你十分钟，如果十分钟没有答案，我就用自己的办法解决。"

何山笑笑说："看把你能的，我尽快给你回复。"

何山给李鹏飞打电话，但半个小时过去了，手机一直无法接通。宋老说："发短信吧，山里没信号，等有了信号他看到后会回复的。"

……

白水河畔，江楠被眼前的美景彻底征服了。在此之前，她从来没有见过白色的河水，严芳芳也直呼不可能。但真的到了眼前，才发现大自然真的是鬼斧神工。河水之所以呈现出牛奶般的白色，是因为连续落差导致源源不断的气泡，远远看去就像一条白丝带飘浮在群山之中，宛如仙境。

正当他们欣赏完美景准备上路时，一个骑着摩托车的护理员赶上来，大声吆喝着，谁是记者李树飞，谁是记者李树飞，请他接一下电话，请他马上接电话。

江楠掏出自己的手机一看，没有信号，再看护理员手中，拿的是卫星电话。李鹏飞走到一边，跟队员们保持了安全距离后接通了电话。让他万万没想到的是，竟然是公安部领导打来的，根据专案组对案情的研判，需要他第一时间安排队员护送何山上飞机，立即返回单位等待进一步指示。

他立刻安排值守的便衣警察将何山和宋老护送至机场，要亲眼看见他们上飞机才行。

酒店里焦灼等待的何山接到了秦梅的视频电话，说你们收拾一下行李，一会儿便衣警察会带你和宋老去机场，什么都别说，什么都别问，回来再说。

秦梅刚挂完电话，何山房间的门口就传来了敲门声。

何山和宋老上了飞机，这时窗边的夕阳正要落下，何山说："我以前在医院的时候，最喜欢看夕阳落下去的样子。"他给宋老讲述了海岸线、灯塔和夕阳画的故事。

宋老说："那今天你应该好好欣赏一下在云端看到的夕阳有什么不同，这应该是另一种风景。有时候同样的事物，不同的视角会带给你全新的视野和感触。我曾经看过一篇文章，题目叫《人生剧本》，大意是人要有理想、目标、思想、工作和生活五个不可或缺的要素。其中理想是精神统帅，也是信仰的支柱；目标是具体可实现可量化的计划；思想是健康积极的心理状态；工作是职业向事业升华的过程；而生活则是感情、家庭和娱乐放松的存在方式。所以我一开始也认为，人生的剧本可以策划，甚至可以定制。不管怎样，我们要尽自己所能创造卓越的人生剧本，活出精彩人生。"

如果曾经的剧本不如你愿，那么你打算如何改写人生的剧本呢？

永远不要停在思维里，那里面你什么都懂，都知道，又能怎样？唯有去行动、去创造，你才能改写剧本，你才能感受到你所期待的世界。

宋老接着说："直到郑晨的悲剧发生，我才对这个问题有了更加深刻的理解，不是所有的剧本都可以事先定好。"

"郑晨的故事还有什么特别的地方吗？"何山问。

"郑晨的父亲是二十世纪九十年代从体制内下海的，凭借着多年的经验，再加上时代变革的环境使然，他迅速积累了大量的财富。然而，人的欲望是难以控制的，特别是驾驭巨额财富的自律性更是如修炼一般艰难，很多人倒在了这一关。"

"但是，这跟郑晨有什么直接的关联吗？"何山有些不解地问。

"这就是问题之所在。他们父子俩是两个极端，郑晨太单纯，纯净得像一张白纸，而他父亲则太现实，相信一切都可以依靠权力和财富来运作。他给郑晨请最好的保姆——当然洪萱例外，她是势利的市井代表。他还给郑晨请最好的家教，送他去最好的国际学校，后来安排他出国留学……总之，郑晨的父亲信奉金钱能摆平一切，郑晨却极端厌恶这种安排，他喜欢自由自在，依靠自己的实力去得到别人的认可。但他似乎永远也摆脱不了'你爸是郑百万'的诅咒。这种矛盾在他从国外回来以后愈演愈烈，父子俩甚至到了水火不能相容的地步。"宋老沉重地说道。

宋老停顿了一会儿后继续说道："郑晨拒绝了他父亲帮他安排的工作，只身一人跑到昆明去研究植物，而这是郑晨父亲最看不上的专业。他曾经还问过郑晨到底是真的喜欢研究植物，还是为了对抗他。郑晨说一开始是对抗，所以选了一个父亲最反对的专业，后来发现真喜欢这个专业，因为植物与世无争，没有那么多乱七八糟的七情六欲，只安安静静地自己生长，生命是那样的顽强和美丽。另外，植物还非常重要，我们人类一刻也离不开植物，每当他看到百花盛开的时候就会心花怒放，看到种子发芽的时候也会情绪飞扬，看到植物结出果实更是满心的喜悦和幸福。"

何山说："其实从心理学的角度看，一开始郑晨活的不是自己，而是他父亲想让他成为的一个理想化的模板。但对抗开始后郑晨逐渐找到了真正的自我，当然，这种自我意识的形成，也得益于他父亲处心积虑的'栽培'，只不过物极必反罢了。父亲希望他动若脱兔，他却喜欢静若处子，真是一个活生生的成长教材啊。"

"其实，两种极端本身并没有对错。只是，郑晨出发那天，如果听从他父亲的建议，也许不会发生那样的悲剧。"宋老遗憾地说。

何山说："如果我没猜错的话，郑晨的父亲安排了人手保护那次野外考察吧？"

"是啊，但对于郑晨来说，这好像是一种懦弱，甚至是一种耻辱。你见过哪个大学生外出考察带着保镖的？让同学们怎么看？让他暗恋的女生怎么看？"宋老回答道。

宋老继续说："所以郑晨他们故意临时更改了行程，甚至跟他父亲安排的人手躲猫猫。结果还是因年轻气盛，争强好胜，忽略了天气变化以及大自然的残酷，还有残忍的人祸。现在看来他们就是被恶人盯上了。如果歹徒从郑晨身上榨不出油水来，我很担心他凶多吉少。"

何山安慰道："吉人自有天相，郑晨这孩子如此单纯，相信老天也会网开一面的。我们还是等着他们的好消息吧，就像，就像我等待的那样。"

宋老拍着何山的肩膀说："你才是老天必须网开一面的人呢，俗话说救人一命胜造七级浮屠……"宋老想了想，又怕勾起何山的旧伤，立马打住了。

"我现在只想确认我女儿平安无事，如果要拿什么东西来交换，我愿意付出一切代价。如果上天给我一个父女团圆的机会，我愿意竭尽全力用心经营以后的人生。"何山真诚地说。

此刻，机窗外的夕阳正在展示最美的色彩，整个云层被映照得像铺满了金光的大道。

宋老静静地望着窗外，坚定地说："你若温暖，终归圆满。"

……

大凉山深处一个不知名的小山寨外，江楠和严芳芳已经在帐篷中进入了梦乡。凌晨两点多，一阵嘈杂的犬吠声划破天空，紧接着是急促的脚步声。江楠和严芳芳吓了一跳，她们钻出睡袋，整理好衣服准备出来，听见安如海在外面说："没事儿，寨子里进了野猪，护林队员们在抓野猪呢，你们千万别乱动，我在外面放哨就好。"

江楠本来还想逗一下英雄，但一想到野猪凶猛的样子，又缩回了睡袋。她小声说："安老，您可要小心啊。"

安如海笑笑说："你忘了我就是住在山上的，野兽们见了我都是绕道走的，你们放心吧。"

天亮后，几个荷枪实弹的武警战士搀扶着两个身材臃肿、神情呆滞的农村妇女走了出来，远处的警车上，坐着一个蓬头垢面的中年男人。

安如海等不及开车门就快步赶上前，向车窗里蓬头垢面的中年男人看去。只见被扣押了将近十年的郑晨似乎已经变成了智障人士，听到任何声音他都会下意识地用手护头。

李鹏飞走过来，搀扶着安如海说："安师父，郑晨还需要一个适应的过程。黑砖厂的老板还有贩卖人口的同伙都已经被我们抓住了，您放心吧。"

江楠和严芳芳急急地跑过来问："你，你不是记者，是警察啊？"

李鹏飞立正敬礼道："滨海市刑侦支队一大队副队长李鹏飞。"

江楠和严芳芳被这突如其来的义正词严吓了一跳。李鹏飞放松下来对她们说："李树飞是我亲哥哥，他是真的记者，你们要想认识他，回头我给你们介绍一下。不过，不过我哥哥已经有对象了。"

江楠上前推了他一把说："我都是两个孩子的妈了。至于，至于这位严博士，你哥哥有对象了，不是还有你吗……"

严芳芳顿时羞红了脸，赶紧插话说："哎呀，江楠姐你发什么神经啊。"边说边拍打江楠。

李鹏飞笑着说："两位美女，任务完成了，你们是跟我们回去呢，还是继续在这里享受难忘的旅行？"

问完后，他不自觉望向远方的大凉山。远处已经升起云雾，原始森林在白色雾霭的渲染下，宛如仙境。香格里拉，《消失的地平线》里描绘的那个与世隔绝的世外桃源，就是脚下的这片土地。但再美丽的世界也需要正义的力量来维系，否则都是空中楼阁。人们总是向往精神世界的自由和浪漫，却容易忽略潜在的危险与隐患。其实，真正的人间仙境，在每个人的心里，但要去掉杂念，专注而纯洁，才能找到生命的方向，才不至于迷失。

江楠看他若有所思，也不知道在想什么，为了不给警察同志添麻烦，就说："我们还是回去吧，被警察保护真的好有安全感，在这里还好怕野猪攻击……"说着她看了看安如海。安如海不好意思地笑了笑，说："瞒着你们也是为你们好，现在的惊喜是不是更加刻骨铭心啊？"

严芳芳远远地说："是是是，老前辈应该还是信不过我们，总觉得我们是小女人，会节外生枝吧？"

安如海指指李鹏飞，说："这是人家的保密要求，你要算账，找他好了。回去让他请你吃饭。"

严芳芳大声问："李警官，请不请客啊？"

"请请请，你小点声儿好不好啊，人多了我可请不起。"

"你放心，我绝对不做电灯泡，你们就烛光晚餐好了。"江楠打趣道。

……

一周后，滨海机场停机坪。最后三位乘客走下飞机，中间的女乘客外套被拿走，露出了铮亮的手铐。

一位女便衣说："珠海刑侦支队二大队刑警杨珺瑶，奉命押解犯罪嫌疑人洪萱，请滨海刑警出示交接手续。"

李鹏飞递上交接文件，把洪萱押入警车，直接向看守所驶去。

路上，手机响了，李鹏飞接起电话后回复道："喂，严博士好，人接到了。完成任务后，晚上七点半，滨海公园门口的老树咖啡见，烛光晚餐哈……"

……

半年后，郑晨和两位同学经过精心的治疗和心理疗愈后，终于与家人团聚。

郑晨看着病床上奄奄一息的父亲，内心五味杂陈，他走到病床前，怯生生地握住父亲的手，父子俩泪流满面……

"午夜中你渴望光亮，照亮你心灵的自由，正如人们渴望心中的光明。或许你我看到的世界不一样，可我们有着同一种渴望，那就是光亮……"

窗外响起一首不知名的歌，旋律婉转动人。

……

秦梅、何山及前妻一行三人，登上了前往美国亚特兰大的飞机。

机窗外，一轮红日冉冉升起，何山给宋老发了一条信息：看惯了夕阳之后，我发现日出也很美丽。

飞机降落时，圆盘般的夕阳又挂在了天边，何山看得出神。秦梅说出发时看日出，落地时看日落，有始有终，好兆头。

何山打开了手机，屏幕刚亮起就收到了宋老的回复，还是那八个字：你若温暖，终归圆满。

何山心想，生活中总会经历一些事情，以及一些心灵的旅程。每当经过一番洗礼，你看到的不再是满地狼藉的世界，而是内在的那份透彻宁静，以及对未来生活更多的勇气和力量。

每当经过一番洗礼，

你看到的不再是满地狼藉的世界，

而是内在的那份透彻宁静，

以及对未来生活更多的勇气和力量。